七菜なな

插畫／Parum

男女之間存在純友情嗎？

\不，不存在！/

Flag 6.
難道現在這樣的我不行嗎？

Kadokawa
Fantastic Novels

contents

「你總算下定決心要成為犬塚家的一員啦。」
次子・雲雀
Hibari
代替擔任地方議員的長男守護家園的市政府王牌。
──歡迎來到我們犬塚家！

店「you」快閃店
正式開張！
榎本凜音
Rion Enomoto
管樂社、園藝社兩邊跑的悠宇「朋友」。

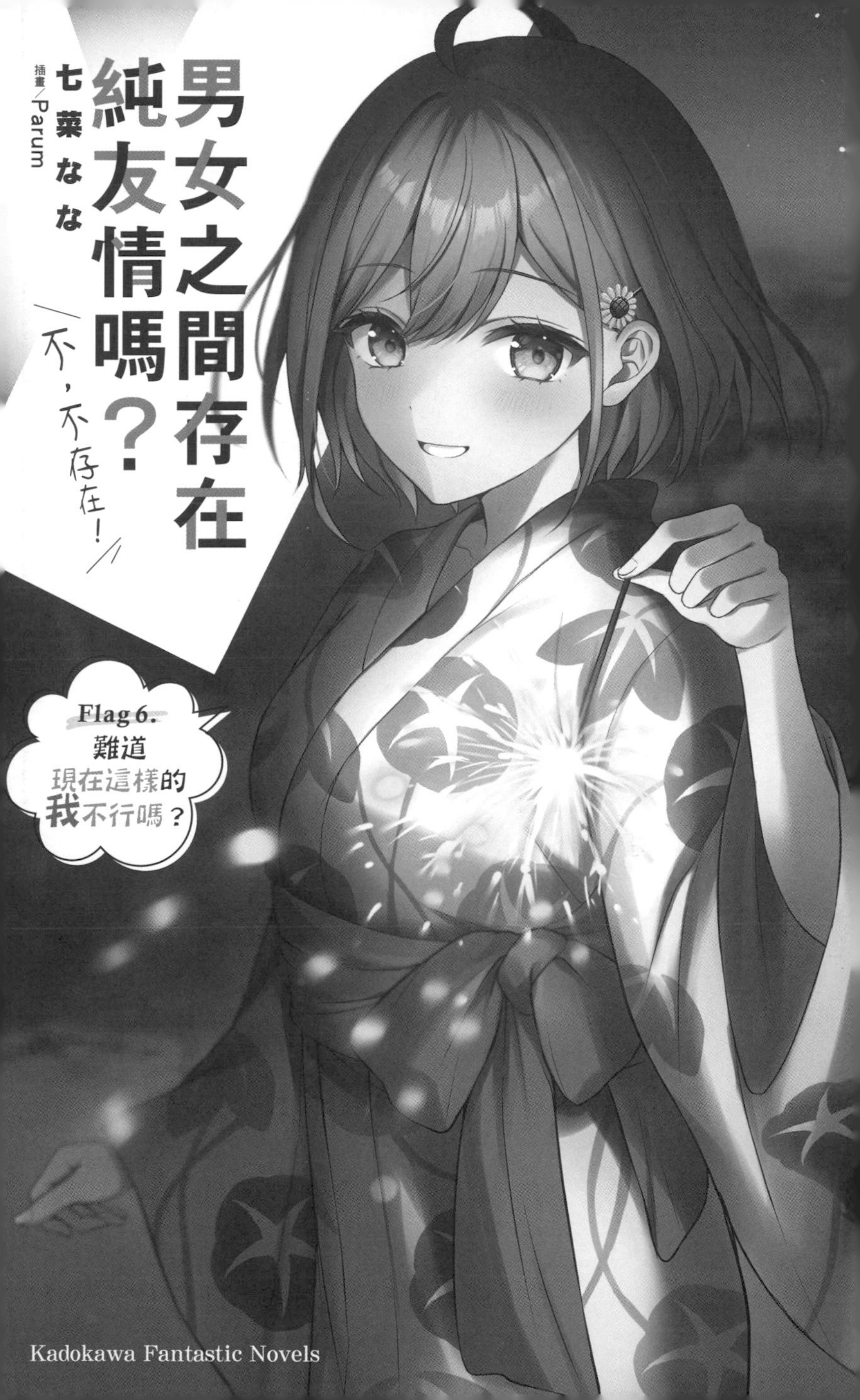
男女之間存在純友情嗎？
不，不存在！
七菜なな
插畫／Parum
Flag 6.
難道現在這樣的我不行嗎？
Kadokawa Fantastic Novels

Prologue — 內蘊為花

◇◇◇

當自覺只有回憶愈來愈美時，人想必再也抵擋不了變得愈來愈醜陋的事實吧。

我在日期變換的時候茫然想著這種事。

躺在床上細數天花板的汙漬。

從小就覺得像是一張臉的模樣，現在似乎變成與兒時記憶中不一樣的形狀……不，可能本來就是這樣？

算了，怎樣都無所謂。

我拿起手機，看著悠宇傳來之後已讀不回的訊息。

悠宇表示「販售計畫完成了」。

這代表悠宇在校慶期間不會只看著我。

於是我的內心浮現……悠悠的絕望。

悠宇並非沒有為了我著想。

自己是在嫉妒悠宇比起我，更加重視飾品這個「理所當然的事」。

「我真的喜歡悠宇嗎……？」

這句話不經意脫口而出。

如果喜歡悠宇，就應該支持他朝著夢想前進才行。但是關於這場販售會，我無法坦率地替他感到高興。

已經是夜晚有點涼意的季節。

身上浴衣鬆脫的腰帶無力垂落到床下。

我不禁覺得真是不可靠。

然而這不是指這條有著美麗刺繡的布，而是我搖擺不定的認知。

什麼是「喜歡」？

那是這麼美好的事情嗎？

我一直覺得戀愛是種危害。

為什麼會認為只有自己的戀愛與眾不同呢？

我說了喜歡悠宇，悠宇也說他喜歡我。為什麼光是如此還不能滿足呢？

（情為何物啊……）

我開始產生哲學方面的思考。

說穿了，戀愛到底是什麼？

根據各家辭典的解釋，指的是男女之間，或是愛慕特定人物的情感。

這樣的說明太過理所當然，反而搞不懂是什麼意思。

戀愛的觸發條件是什麼？

嗯？總覺得之前好像有跟悠宇聊過這件事。

我記得那是在悠宇與榎榎重逢不久……大概四月左右吧？

當時我說了什麼來著？

啊，我好像說過「是想跟一個人接吻之類，上床之類吧？」諸如此類的話。

然後悠宇吐槽我：「那叫性欲吧……」

原來如此？

換句話說，性欲是戀愛的天線。

會想跟這個人接吻或上床的時候，就已經落入情網了嗎？

（……我會不會想跟悠宇接吻甚至上床啊？）

當然想啊。

我時時刻刻都在想啊。

好。所以我確實喜歡悠宇。證明完畢。

（……等等。如果就這樣得出結論，那只不過是可憐女人的日記。）

我拿起手機。

打開LINE的聊天畫面，傳送訊息給榎榎。

『榎榎。最近性欲旺盛嗎？』

哦，已讀了。這麼晚還在念書真是了不起～

哎呀，關於榎榎在性方面的狀況啊。這麼說來之前都沒聽她說過，感覺有點興奮了～～榎榎還沒回嗎～……

…………啊，被無視了！

（討厭！榎榎還是一樣潔癖！）

無可奈何的我只好轉移陣地到榎榎朋友邀請我加入的管樂社女生群組。

『我問妳們喔～！最近有過想與喜歡的人上床的念頭嗎～？』

盛況空前。

大家這麼晚了都還醒著，真是壞孩子～不過高中生通常都是這樣吧。我一邊觀賞赤裸裸的女生話題，一邊收集大家傳來的回應。

雖然另一邊榎榎不斷撥打語音通話或是用LINE傳來『小葵』、『妳在幹嘛』、『不要做這種

奇怪的事』、『給我接電話』等一則又一則的恐怖訊息，但是我才不在乎呢☆

好了，以結論來說大家給出的回應基本上都是……

『要不是喜歡的對象才沒性趣呢。』

嗯，也是啦～

也就是說，只是強化我的「性欲是戀愛的天線理論」就結束了……

（……總覺得還是很不痛快～）

不是指性欲而是哲學方面喔。

我化身為追求哲學的怪物，起身緩緩離開房間。走在發出吱嘎聲響的走廊上，確認有燈光從哥哥的房間透出來。這個時間沒有待在書房，就代表今天的工作已經順利完成了吧。

我輕輕敲響房門。

「哥哥。你還醒著嗎～～？」

房內立刻傳來回應。

「進來吧。」

打開房門。

眼前是相當壯觀的阿宅房間。

從牆壁到天花板都是滿滿的海報與掛軸。

漫畫與輕小說占據整個書櫃。

還有收得相當整齊的遊戲軟體跟動畫藍光光碟。

放在豪華電視櫃上的大尺寸電視正在播放《SPY×FAMILY間諜家家酒》的動畫。安妮亞真的很可愛呢，安妮亞。

可惜了一張帥臉的雲雀哥哥在阿宅房間裡優雅品嚐紅酒。放眼世界應該沒幾個男人像他這麼適合穿甚平了。

我一邊由下往上窺視陳列在電視櫃上的美少女模型，一邊向哥哥問道：

「欸，哥哥。你為什麼會跟紅葉姊分手呢？你們不是一起去了東京的大學念書，甚至還同居了嗎？」

轉頭朝哥哥看去，只見他露出特別燦爛的笑容。平時精心保養的潔白美齒閃過一道光芒。

「日葵啊。妳是想被我懲罰才來挑釁我的嗎？」

「才、才不是。我只是有點想問問看而已。」

不妙。他的表情雖然在笑，但是眼中完全不帶笑意。

我走出房間，連忙從自己房裡拿來在地生產的魚子醬罐頭。噗呵呵，我想過可能會遇到這種狀況，所以事先準備好交涉用的東西啦～

「請、請用。」

「…………」

哥哥輕嘆一口氣。

他暫停播放動畫，有些難為情地搔了搔頭。

「也沒有什麼特別的原因。她選擇成為模特兒，在外面的世界生存的道路，我則是選擇守護故鄉。為此，我們之間的關係就成為一大負擔。所以也只是因為分手對彼此來說，都是最好的選擇而已。」

如此說道的他偏了一下手中的酒杯。

「就跟想讓花開得美麗，播種時得拉開間距一樣意思。要是在同一塊土地混雜太多花苗，養分將會不足以分配……結果就是害得所有花都枯萎。每個人能承擔的量是有限的。要是在取捨間做出錯誤的選擇，最後什麼都得不到。」

真像是哥哥會有的想法。

但是與此同時，我也覺得很不像是哥哥會做出的決定。

大概是看透我的念頭……哥哥輕聲微微一笑。

「可以做出『因為兩情相悅所以總是待在一起』這個選擇是件相當幸運，也很罕見的事。你們應該還不太能理解，但在脫離學生身分之後想必會有深刻的體認吧。」

我忍不住喃喃自語：「原來如此。」

接著露出微笑偏頭說道：

「我們？欸，哥哥。我們交往得很順利啊。」

「啥？」

好冷淡！

聽見這句超低音的冰冷美聲，我忍不住後退一步……奇怪了～？我還以為他會說：「你們相處得很好。真不愧是日葵呢（牙齒閃耀光芒）。」

哥哥無奈地發出感嘆，一邊打開魚子醬罐頭。

「日葵啊。事到如今妳還沒發現『自己偏離正軌了嗎』？」

「…………」

大受打擊──總覺得好像有某個沉甸甸的東西壓了上來。

怎、怎麼可能。

我身為完美可愛完美聰慧又人見人愛的完美生命體，竟然會犯錯？

「哥、哥哥！這是什麼意思？我才沒有犯錯！」

我猛力搖晃哥哥的肩膀如此主張。

結果就是哥哥的太陽穴冒出「💢」。

「煩死了。」

狠狠在我腦門來上一擊，我便「噗嘎！」應聲落敗。

……最近也一直遭到榎榎的攻擊，感覺都要變笨了。

「妳沒有犯錯。但也沒有做對。」

「什、什麼意思……？」

哥哥面有難色地沉思。

用湯匙舀起魚子醬罐頭放進口中，感慨說道：「這家廠商也是一年做得比一年好啊。」

「經歷暑假時紅葉的那件事，日葵坐上悠宇的『戀人』寶座。」

「嗯。」

「既然如此，妳為什麼還要執著於成為悠宇的『夢想夥伴』呢？」

「咦？」

……見我露出這種感覺的表情，哥哥又重複了一次。

我完全聽不懂他到底在說什麼～

「『日葵想成為悠宇的「戀人」吧』？對於暑假時妳在向日葵花田失控的那件事，我是這麼解讀的……難道不是嗎？」

「…………」

——咦？

我的脖子傳來冷冽的觸感。

簡直就像被無形話語形成的利刃抵著……這是自從四月之後的這半年來，我一再不斷經歷的體驗。

我想成為悠宇的戀人。

這一點確實沒錯。

但是為什麼會被說是沒有做對呢？

「我還以為妳就此把悠宇的『夢想夥伴』這個立場『讓給凜音了』。既然日葵搶走凜音的初戀對象，雙方立場對調也算合理。」

哥哥一口氣喝乾剩下的紅酒。

「話雖如此，凜音『要不要坐上日葵捨棄的空位』應該由她自己決定。所以我也默許他們去東京旅行。我早就知道紅葉會設下某種圈套，而且在戀愛方面做個了結也很重要。」

「你、你早就知道了？知道什麼？」

「要他去參加紅葉培育的那些創作者的個展那件事。去海邊玩的那個晚上，我們一起到慎司家喝酒。當時就把咲良灌到爛醉，問出所有來龍去脈了。」

感覺好像聽到他用了非常不人道的手段，但是這件事暫且不管～

「那、那個，我還是不太懂哥哥說的話耶……為什麼成為悠宇的戀人之後，就不能是和他一起追求夢想的夥伴了呢？」

「妳還不懂嗎？」

哥哥以無趣的模樣說道：

「如今的妳正在打算阻止悠宇想在校慶進行的挑戰。如果這不叫危害，不然是什麼？」

「…………」

「為什麼會知道」、「不要擅自斷定」等各式各樣的話語同時在腦中盤旋。

但是我很冷靜。一邊撥弄手指，朝著別的方向「啊哈哈——」發出乾笑。

「也、也不是要阻止啦，我只是說希望他能多為我著想而已……」

「至少以前的日葵不會說出這種話吧？」

「可是這是難得的校慶喔。一般來說當然會想留下一些回憶吧？」

「一般來說確實沒錯。不過，那是以戀人關係為前提。」

「你、你想說什麼？」

「妳覺得我想說什麼？」

我忍不住敲了一下房門。

「我、我也有在替悠宇著想啊！上大學也是考慮到未來可以跟悠宇一起經營店面……」

「『那不是妳的職責』。」

狠狠拋下這麼一句話。

哥哥緩緩站起來。他俯視我的冰冷眼神，終究還是揭開我一直「視而不見的事」。

「妳忘了嗎？妳的職責應該是『把悠宇的飾品推廣到全世界的模特兒』才對。」

「……唔！」

我一句話也說不出口。

沒錯。

我的職責是悠宇的飾品模特兒。

曾幾何時我還執著於這個地位，因為要不要去東京跟悠宇大吵一架。

但是，現在——

哥哥感覺真的……真的對我大失所望似的輕聲嘆氣。

「妳被愛情蒙蔽雙眼，忽略了自己最大的武器啊。」

「但、但是，我也是從小就對經營略知一二……」

「妳只是聽了我跟大哥，還有爺爺的對話而已吧？耳聞一些資訊就自以為懂經營的傢伙，怎麼會覺得能在現實派上用場呢？」

被說中的我頓時語塞。

「我就明講了。以對於經營學的天分及實績來說，從小就在自家經營的蛋糕店幫忙的凜音絕對比妳好多了。如果悠宇未來有了自己的店，並且要有人協助處理這方面的事……我比較希望是她去大學學習這方面的知識。」

「意思是不需要我嗎……？」

「妳只要以戀人的身分跟悠宇交往就好了吧。我不記得有阻止妳跟他交往。」

「但是，只是這樣我無法接受啊。我也想替悠宇的未來做點什麼……」

「既然如此，『妳該做的事不就只有一件嗎』？」

「……啊！」

我立刻聽懂哥哥想說什麼。

因為那也是在這一個月以來……無意間掠過腦海的念頭。

「早知道我就跟紅葉姊一起去東京，學習當個模特兒還比較好」。

如果我選擇這條道路，現在會變成怎麼樣呢？

至少我們不會因為校慶要做什麼而吵架。因為我把自己的人生奉獻給悠宇的夢想了。

「但是，哥哥不是阻擋我去東京嗎……」

「我確實阻擋了。紅葉要挖掘妳這點並沒有錯，只是時間還太早。要是害得悠宇失去追逐夢想的動力，那就本末倒置了。」

那個時候，紅葉姊只看著我而已。

感覺她一點也不在乎把我帶去東京之後，悠宇會變成怎麼樣。

實際上要是沒有榎榎與哥哥的及時救援，等著我們的或許就是那樣的未來……等等？

「時、時間還太早……？」

我敏銳地察覺不對勁之處。

哥哥尷尬地嘆了一口氣才說下去：

「日葵啊，妳冷靜聽我說。其實……」

哥哥握住我的雙臂。

接著彎下腰，視線配合我的高度。

「我本來打算如果你們到高中畢業時都『還是摯友』，就推薦妳向紅葉拜師。」

「咦……」

哥哥的眼神……看起來不是在說謊。

要讓我去向紅葉姊學習？

所以說這是怎麼回事？

哥哥——打從一開始就想讓我跟悠宇保持距離嗎？

意思是他認為這對我來說是最好的選擇？

「但是，日葵選擇成為他的戀人。所以我想說這樣也好，沒有多說什麼。因為我認為要是日葵沉浸在愛情裡，無法單純為了他的夢想而行動的話，只要由我來支持悠宇就沒問題了。」

「哥哥，你從之前就一直在說這件事吧……？」

「對啊。」

「所以那不是……在開玩笑吧……？」

「不是。」

心頭忽然湧現不祥的預感。

我想否定這一點，以懇求的態度說道：

「難道現在這樣的我不行嗎？」

哥哥沒有回答。

相對的，他對我說了不想聽見的話。

「日葵。妳要是有那麼一點懷疑自己對悠宇的心意——」

「……唔！」

我拒絕繼續聽下去。

「才沒有那種事！我跟哥哥不一樣！我能做得很好。無論夢想還是戀愛全部都能得到！」

「…………」

哥哥的雙眼只流露無止盡的冷漠。

像是對我再也不敢興趣似的嘆了一口氣。

「這樣啊。那就證明給我看吧。」

我走出哥哥的房間。

這時……

「果然變成這樣了。」

哥哥的話，在我心中留下一根小小的刺。

當自覺只有回憶愈來愈美時，人想必再也抵擋不了變得愈來愈醜陋的事實吧。

戀愛就是內蘊為花，脫口即毒。

但是，我不想為了讓花開得美麗就欺騙自己。

因為我對悠宇傾訴的心意絕對不會有錯才對。

♣ ♣ ♣

成為戀人之後「也想一如往常地相處」，是我太任性了嗎？

半夜兩點。

我躺在家裡客廳的沙發上。

沒有任何人的家裡一片寂靜，我在茫然的睡意中思考。

桌上是今年校慶的飾品販售計畫。才剛擬定完成而已，預計明天要給笹木老師看。

……我是這樣打算的。

（日葵沒有回我……）

我看著剛才用LINE傳過去的訊息。

多虧有榎本同學的幫忙才得以完成這份計畫，但是沒有得到日葵的回應。我已經像這樣乾等

了兩小時。

（她是不是真的不想辦販售會呢……）

昨天跟日葵起了口角……應該說是想法有所偏差。

大概就是這種感覺的事。

「悠宇的目標是什麼？」

「在眼前的校慶舉辦販售會這個目標，真的是絕對必要的嗎？」

校慶。

我想……日葵是想以戀人的身分好好享受這場校慶。

（為什麼要突然說出那種話啊……）

對日葵來說，舉辦飾品販售會不開心嗎？

所以跟我一起追逐夢想至今……難道對日葵來說其實是種折磨嗎？

日葵說過要把目光再放得遠一點，有計畫地去做。

我知道她是對的。

然而我不覺得自己有辦法預設那麼久遠的未來採取行動。

暑假……當我決定要跟日葵一起邁向未來時。

我總覺得那個時候自己想像的未來，似乎是在不同的地方。

（日葵以前也說過戀愛是種危害，還以為我們的交往不是整天黏在一起的那種關係。）

我喜歡日葵。

這點千真萬確。

但是該怎麼說……

受到「至今與日葵的關係」阻撓，確實讓我無法坦率接受新的戀人關係。

「要怎麼樣才讓戀愛跟夢想並存……」

在我獨自沉吟時，傳來玄關大門開啟的聲音。

正在便利商店上大夜班的咲姊隨著點亮客廳的電燈而現身。她一看到我就皺起臉來，露出嫌麻煩的表情。這個態度也太直接了……

「這麼晚了，你在幹什麼啊？」

「我想在寬敞的地方想事情。咲姊不是在打工嗎？」

「休息時間。你平常在看的那本雜誌，今天進貨了喔。」

「啊，那我之後再去拿。」

總覺得咲姊今天心情很好的樣子。

她一邊跟我閒聊，一邊用烤箱加熱便利商店的過期麵包。然後順便倒了一杯牛奶，坐在我對面的沙發上。

然後就開始翻閱自己帶回來的雜誌。

（我在這裡咲姊也沒辦法好好休息，還是回房間吧……）

如此心想的我開始收拾販售計畫。

咲姊拿起其中一張，不發一語看了起來。

「……喔～～低價飾品販售會啊。」

我內心一驚，下意識為之戒備。

每當咲姊說些關於飾品的事時，總沒有什麼好的回憶……

「計畫本身是不錯，但是你有決定創作概念或是主題之類的嗎？」

「咦？」

「就是……總該有點什麼吧。不一樣的販售方式，或是在展示平台的設計下點工夫之類。」

啊，是這個意思啊。

在東京認識的天馬的個展。與當時請廠商來布置，讓個展會場看起來很像樣一樣的事。

「這次的主角是曇花，所以會以這個為主軸。實際上也要考慮到空間跟預算的問題，所以不知是真否的可以做到……」

「曇花？……喔喔，凜音啊。」

沒想到瞬間就被看穿了。

咲姊在這方面腦筋總是動得特別快……

「你還在跟凜音玩好朋友家家酒嗎？」

「都是因為真木島說了奇怪的話，所以那件事暫且保留。」

「算了，這也不是我該插嘴的事。」

那麼希望妳可以什麼都別說……

「這次也是跟日葵一起想的吧？好好相處喔。」

「不……」

咲姊微微偏頭。

加熱麵包完畢的烤箱傳來「叮——」的一聲。

「這次我想全面主導販售會。」

「喔。你來弄啊，真難得……」

咲姊邊說著：「好燙好燙……」邊將從烤箱拿出來的麵包放在盤子上。她在塗抹花生醬的同時繼續說下去。

「……真難得你會這麼說。之前這方面的事都是由日葵處理吧？」

「這次我想測試自己可以做到什麼程度。如果由我策劃的販售會可以達到銷售盈餘，或許就能看見稍微靠近天馬他們一點的景色……」

「喔——」

「而且，日葵好像不太想參與販售會。說不定我們這次會分頭行動吧。」

「啥？為什麼？」

「呃，那個……」

「……你該不會又做了什麼蠢事吧？」

輕輕鬆鬆就被看穿了。

……說明我跟日葵爭執的事之後，咲姊大嘆了一口氣。

「好好珍惜日葵啦，這個蠢弟弟。」

「我、我覺得……自己有啊。然而現實就是像這樣害得日葵不開心。」

「只是場校慶吧，去討女朋友歡心就好啦。為什麼會在這個奇怪的地方鬧脾氣啊？」

「鬧、鬧脾氣……」

呃，要說我在鬧脾氣也沒錯。

儘管覺得有些尷尬，我還是繼續對咲姊說下去。

也是今天日葵對我說過的話。

「我為了什麼追逐夢想？」

當時的我說不出個所以然，但是仔細想想，道理相當簡單。

「我在東京有了深刻的體會。就算像至今這樣一味追求飾品品質，只要沒有送到客人手中就沒有意義。為此要是不找出附加價值，就沒辦法活用自己的技術。」

「就你來說，我覺得這個想法還滿認真的。但也不是因為這樣就可以弄哭日葵。」

「我、我又沒有弄哭她……」

應該……

「暑假時我跟日葵開始交往。但是到頭來，我還是跟一開始一樣沒有任何成長。我必須成為『與日葵對等的人』，不然沒辦法堂堂正正說喜歡她。要是再像以前那樣凡事都依靠她，我就只是個小白臉罷了。」

暑假時，紅葉學姊對我說過這句話。

像日葵這樣有才能的女生，將人生奉獻給我這種凡人是世界的損失。

她說得很對。

所以我要成為更厲害的創作者。

我要成為像天馬跟早苗那樣厲害的創作者，證明日葵的決定沒有錯。

等到我強大到足以從日葵身邊獨立，我跟日葵才算是處在對等的關係。

為此——我一點機會都不想錯過。

「…………」

咲姊吃下最後一口麵包。

「你愈來愈像那個討人厭的傢伙了……」

「討人厭的傢伙？」

聽到我的反問，咲姊以「說溜嘴了」的態度咋舌。

「你不用知道沒關係。」

……從她的反應看來，我總覺得心理有個底。

「話說咲姊，妳有認識的人住東京嗎？」

「啊？」

她以理所當然的態度回答：

「紅葉就住在東京啊。」

「呃，是沒錯啦。還有沒有其他人……」

「其他人？我們家虛構的親戚嗎？」

突然揭開我跟榎本同學去旅行的瘡疤也太痛了……

「一個年紀跟咲姊差不多的男人……」

咲姊把喝到一半的牛奶噴了出來。

嗆到的她咳了幾下，連忙擦拭嘴巴。

「咲、咲姊？」

「……你難道見到彌太郎了？」

「彌、彌太郎先生……？」

我回想起在東京個展上遇見的那位天馬的老師。

他認識咲姊，還不知為何在我這個弟弟面前心生動搖。

「抱歉。我不知道那個人的名字……」

「他的外表怎麼樣？」

「呃，一頭亂糟糟的黑髮，留著鬍碴。服裝算是……抓破設計？是個感覺有點可怕的大哥。

他好像也認識紅葉學姊……」

我一邊指著自己的臉做說明，咲姊的太陽穴上也一邊冒出青筋。最後她緊閉嘴巴，拿起手機站起身來。

「你等我一下。」

然後走出客廳。

才聽見她走進廁所的聲音……

「──紅葉！妳○※●×△讓×@＊%○○▼※□……！」

半夜兩點，音量巨大的怒吼響徹四周。

這樣沒問題嗎？明天不會被鄰居抱怨吧？

話說回來，這大概是我第一次看到咲姊這樣怒吼吧？

……這個地雷的威力感覺比我預想的還要大。

（啊，這麼說來彌太郎先生？好像有叮囑我不要說出遇見他的事……）

就在我覺得「死定了」的時候，咲姊回到客廳。

她像是要把手機砸爛一樣狠狠摔在沙發上。即使如此還是無法平息怒火，只見她緊握著拳頭氣到發抖。

「那傢伙……還想說他完全沒有聯絡，沒想到竟然跑去當紅葉的小白臉……」

是小白臉啊～

畢竟自己剛才說過那些話，我盡可能想大事化小地面帶笑容試問：

「那個，是男朋友嗎？」

「再多嘴就殺了你。」

「……是。」

語氣好冰冷……

真的可以對親人散發殺意嗎？姊姊大人……

還是明哲保身為上。

我拿著整理好的計畫資料，從沙發站起身來。

「那、那麼我要睡了。明天還要上課……」

「…………」

正當我要逃離客廳時，咲姊忽然開口：

「蠢弟弟。我就只說一句。」

「咦？」

難道是要講彌太郎先生的事嗎？

該不會是「你又要多一個哥哥」之類的吧？不不不，光是有雲雀哥就夠了，真的不用。

……雖然我想著這種蠢事，但是似乎不是這件事。

攤開雜誌的咲姊不悅說道：

「想成為強大到足以從日葵身邊獨立，能夠抬頭挺胸表示兩人關係對等的創作者。我覺得這確實是個既崇高，也像是你會有的想法。如果是今年暑假之前的我，說不定還會誇讚你。」

「……這個說法感覺話中有話耶。」

「確實是話中有話。這個蠢弟弟真敏銳。」

她朝我瞥了一眼，明確說道：

「蠢弟弟。既然你們成為戀人，這個崇高的想法就是錯的。」

講得這麼直截了當，讓我覺得真不愧是咲姊。

「日葵一點也不希望你獨立自主。這番話只是極度自我中心的想法。」

「為、為什麼？」

「想也知道吧。比起那種事，她只要能每天跟你一起上學、閒聊、沉迷於共通的興趣、下課時吃點好吃的東西，然後偶爾接吻或上床就好。大多數的人都不會去追求有如好萊塢電影的浪漫人生。只要現在這個當下感到幸福就夠了。」

「但是日葵另當別論吧。她跟我約好要一起追求夢想……」

咲姊用力大嘆一口氣。

然後以不耐煩的態度用手指敲打沾到麵包屑的盤子。

「日葵不『正是因為期望這種幸福』，才會在夢想實現之前跟你交往嗎？」

「……唔！」

這是我刻意不去思考的事。

那個暑假。

在那片向日葵花田。

日葵親吻了我。

我接受了她的心意。

但是……

「日葵為什麼會在考驗我們身為命運共同體（摯友）真正價值的時間點，希望改變兩人的關係呢？」

見到我為之語塞，咲姊冷淡說道：

「戀人無法成為命運共同體。想成就其中一邊的關係，另一邊的關係就會成為枷鎖。人生就是這麼一回事。」

她說得斬釘截鐵。

「既然你喜歡日葵，也想好好珍惜她……那麼是不是必須好好更新『自己的夢想』呢？」

「…………」

我緊咬嘴唇。

簡直像在告訴我「搞清楚自己的斤兩」。

咲姊說的話，永遠是對的。

這次也是，我知道她的說法並沒有錯。實際上我現在就是做得不好。然而即使如此，我也不能就此放棄。

要是放棄了……我這個人還剩下什麼？

「我們會『一如往常』做得很好。」

如此說道的我離開客廳。

那個暑假。

我發誓要成為足以得到一切的厲害創作者。

無論戀愛還是夢想，我全都要。

為此要盡全力去做自己能做到的事。

要不然就無法回報在我們初次相遇的國中校慶上看中我的日葵。

我們不是為了沉浸在戀愛之中才相遇的。

我對此深信不疑。

I

「不經矯飾的美麗」

♡ ♡ ♡

昨天，小悠擬定完販售計畫。

他說今天午休要拿給笹木老師審核，不知道結果怎麼樣。我一面想著這件事，一面走在前往科學教室的走廊。

……我只是心想既然提供建議，就應該問一下結果。並不是因為想見到小悠。

踩著有點快的步伐……不，這也只是因為我想儘快解決這件事。總之在我往前走時，忽然看見雙手扠腰站在科學教室前面的人影。

是個宛如妖精惹人憐愛的女生。

犬塚日葵……就是小葵。這個（只論外表）非常可愛的女生，一看到我就露出滿臉笑容。

「榎榎！嗨～！」

她舉起一隻手揮了幾下，朝著我跑來。

……心情看起來好像很好。

昨晚看她傳的LINE覺得有點怪怪的（雖然也是常有的事）。而且今天沒有來我們班上一起吃午餐，我還以為她跟小悠和好了。

「小葵。怎麼了嗎？」

「嗯～？我在等榎榎過來啊～♪」

喔～真奇怪。

小悠是否還沒從教職員室回來呢？販售計畫通過的話，還以為他會立刻回來跟小葵報告。

「欸，小悠的販售計畫通過了嗎？」

「嗯呵呵～妳很在意嗎？」

「咦？呃，嗯……」

奇怪？

總覺得……很可疑。小葵從雖然一直都是滿臉笑容的樣子，眼睛卻沒在笑。為什麼？

我的背後不禁竄過一股寒意。

就在我冒出不祥的預感，若無其事往後退的瞬間——就被小葵推到牆邊！

「小、小葵……？」

「…………」

小葵緩緩抬起臉來。

然後以閃閃發亮的眼神說道：

「榎榎。我們來接吻吧♡」

「………」

抖抖抖～不同於剛才的冷顫竄過背脊。

咦？怎麼了？什麼意思？

突然說要接吻也太莫名其妙了……

（啊，應該是平常那種玩笑話……噫！）

見到我滿臉問號的反應，小葵的臉湊了過來。此時的表情確實是跟平常一樣彷彿妖精般的笑容，唯獨藏青色的眼睛有如刺客一樣冰冷。

當我下意識想逃跑之時，已經被她抓住手臂。不過是被小葵抓住而已，我怎麼會輸……咦？完全掙脫不了！為什麼？

小葵露出有如偶像的燦爛笑容重複一次。

「榎榎。來接吻吧？這樣我就會告訴妳提交計畫的結果。」

「……小、小葵。這是什麼意思？」

我懷著沒來由的恐懼感反問之後，小葵得意洋洋地豎起食指。

「榎榎在減肥時，也會先從控制飲食著手吧～～？」

「呃，啊？我沒有減肥過……姆嘎！」

莫名帶著怨念的一擊「啪！」堵住我的嘴。而且小葵的笑容好像變得更加可怕……

「榎榎？一般人在減肥的時候，會先從控制飲食著手。ＯＫ？」

「Ｏ、ＯＫ……」

「最重要的是不可以做得太過澈底。為了讓減肥計畫能維持下去，就必須適時滿足食欲才行。例如想吃甜點的時候，可選擇熱量較低的和菓子之類，或是可可占比較高的巧克力等等。換句話說，替代品非常重要。ＯＫ？」

「Ｏ、ＯＫ……？」

原來如此。似乎有點道理……的樣子？

不不不，現在根本顧不著這件事。沒頭沒腦搬出減肥理論，跟我被小葵襲擊有何關係……

當我如此心想時，不知為何她的手抵著我的下巴。

「喏？說到這裡榎榎也能理解吧？」

「咦？完全不懂。」

「嗯呵呵～～竟然還要我繼續說下去，榎榎也真是罪惡的女人呢～～」

「小葵？今天真的無法理解妳在說什麼……」

雖然平常就會說些異想天開的發言，但是今天特別莫名其妙。感覺好像打開奇怪的開關！

「我啊。在成為悠宇的戀人之後，覺得自己好像有點興奮過頭了。說不定就是因為這樣，才會變得沒那麼重視我們的夢想。」

「唔，嗯。所以呢……？」

「所以我想在校慶結束之前，要禁止自己跟悠宇卿卿我我。就跟考試前要準備念書的感覺一樣吧？」

「嗯。這跟減肥有什麼關係……咦？」

我的腦中忽然浮現「一個可能性」。

難不成……不，這也太誇張了——

小葵說過「妳能理解吧」。

「但是我無法抑制想跟悠宇接吻的衝動。換句話說，為了壓抑下來，所以得用其他東西『替代』才行……」

「小葵？等、等一下……」

「榎榎的話——應該可以諒解吧？」

「小葵！等等，妳的眼神太可怕了，眼神……」

講得好像頭頭是道，但是完全搞不懂這是什麼意思！

似乎已經頭昏眼花的小葵不顧我的阻止，逕自把嘴唇湊了過來。

不得已用重獲自由的手準備對她施展鐵爪功……啊啊！小葵的左手俐落地抓住我的雙手手腕往上舉！

為什麼會這麼強啊！

這個人真的是小葵嗎？

「不、不要找我，去親其他人……！小葵，妳不是一天到晚炫耀自己多受歡迎……！」

「嗯呵呵～我才不是那種有男朋友時還會跟其他男人接吻的隨便女人～」

「我更搞不懂妳覺得女生就可以的道理——！」

見我拚命掙扎想要逃開她，小葵低下頭輕嘆一口氣。同時低聲說道：

「我本來不想用這招的……榎榎。妳這麼抗拒跟我接吻真的好嗎？」

「咦？」

我在緩緩抬起頭來的小葵眼中……看見帶著深沉惡意的暗流。

「不然我會去親——榎榎的兩個好朋友喔。」

「……唔！」

這、這個眼神是認真的……！

我不禁嚥下一口氣，下意識地放棄掙扎。我在管樂社的兩個好朋友……戴眼鏡的小麻跟綁麻花瓣的小海。

與她們的回憶彷彿走馬燈掠過我的腦海。

去年同班時，她們溫柔地主動過來找我這種態度冷漠的人搭話。要是沒有她們，或許上學就不是這麼開心的事……

所以，這次輪到我——

「榎榎真是好孩子呢。」

「……嗚。」

看著作好覺悟的我，小葵探出舌頭舔了一下嘴唇。

那副模樣絲毫不愧「魔性之女」這個稱號，讓人更加深刻理解到她平常的行為舉止有多麼像個蠢蛋。

我緊緊閉上雙眼。

身體不禁發抖。小葵沉浸在施虐的快感中，嘴唇也朝我的脖子逼近。

（……都是我不好。）

都是因為我執著於對小悠的初戀情懷。因為我對小葵說了無謂的話。所以只能乖乖承受這樣的懲罰。

但是我希望初吻至少可以跟喜歡的人……

「……日葵？榎本同學？這是什麼狀況？」

聽到第三者的聲音，我嚇得立刻轉頭一看！

小悠不知何時站在那邊，嘴角還在僵硬抖動。這時我的身體總算從有如鬼壓床的狀態得到解放，大喊「看招！」對準小葵的頭使出鐵爪功！

「小葵，妳幹嘛突然做這種事——！」

「姆嘎啊啊啊啊啊啊啊啊啊啊啊啊啊啊啊啊啊啊！」

消滅失控的小葵之後，我摀著怦咚怦咚怦咚跳個不停的胸口。

（糟糕……！感覺好像被奇怪的氛圍吞噬了……！）

仔細想想（就算不用太仔細），小葵講的話也太莫名其妙。怎麼樣都說不通吧？為什麼為了抑制想跟小悠接吻的欲望就得跟我接吻啊？差點就要鑄成大錯……

幸好有小悠及時阻止……

「榎本同學？妳沒事吧……？」

「～～～唔！」

小悠的手朝我伸了過來，臉也跟著湊近，迎面對上我的視線。

我的心臟用力跳了一下，至今從來沒有這種感受。頓時覺得快喘不過氣……咦？為什麼？

（漸漸看不到小悠的臉……？）

自覺到這點的瞬間，我的臉「噗咻！」發燙。

「啊、啊嗚……啊嗚嗚……」

「咦？妳說什麼？」

「啊嗚……」

我緊緊握住拳頭。

然後就站起身來，背對著他拔腿就跑！

「沒、沒事啦——！」

「榎本同學！」

無視他在身後呼喚的聲音，我快步走下樓梯，躲在走廊的角落。

蹲下來的我大口深呼吸。心臟的悸動逐漸平復，總算冷靜下來。

一看到小悠的臉，突然覺得很揪心。

（……為什麼？直到昨天都不會這麼緊張啊。）

不只四月重逢那時，就連第一次向他告白時也是……

從東京旅行回來之後……雖然有點尷尬，但也不會覺得緊張。

「如果沒有這株花，我就不可能像這樣跟榎本同學一起製作飾品。對我來說，這是非常重要的花。」

小悠昨天那番話，就像花的刺一樣留在我心裡。

短短的一句話……說我對他而言比花還重要時的感覺，直到現在還是讓我的指尖發麻。

（但是「已經太遲了」……）

這一定是搞錯了什麼。

我們是朋友。只是朋友而已。

……朋友之間不該抱持這種情感。

♣ ♣ ♣

十幾分鐘前——

我在午休時間來到教職員室，並且直直站在教數學的聰穎黑猩猩，同時也是升學指導兼校慶執行委員的笹木老師面前。

笹木緊盯我提出的校慶販售計畫，好像快要看出一個洞了。

「…………」

「…………」

我的額頭留下一道汗水。

教職員室的冷氣明明很涼，我卻感覺身體超熱的。心臟怦咚怦咚跳個不停，讓我有種想拋開一切逃走的心情。

有老師對於我想在校慶上舉辦飾品販售會一事持反對意見。這份販售計畫就是為了說服那些老師。解決把飾品單價壓到五百圓的要求之後，我才拿來給老師確認。

（沒事的。咲姊也沒說什麼，應該沒問題……）

笹木老師大聲清了一下喉嚨。

嚇了一跳的我提高警戒……但是笹木老師抬起頭來時，只見他露出正合我意的笑容。

然後使勁拍打我的背！

「就是這樣啊，就是這樣！夏目，你只要努力還是做得到嘛！」

「老師，好痛！」

笹木老師用手在我的背上拍了幾下，露出豪邁的笑容。

「哎呀，沒想到你真的可以把單價壓到五百圓以內！」

「咦！老師本來認為我無法解決這個問題嗎？」

滿臉笑容的笹木老師摸了摸下巴的鬍碴。

「從之前引發問題時聽說的金額推想，確實會感到意外啊。既然可以壓到這個價格，平常也這樣賣不就得了？那也不會像之前那樣引發問題了。」

「嗯——」

之前因為我的飾品，讓家長跑來向學校投訴那件事。當初如果是賣這個價位，或許就不會給學校帶來麻煩。

「這終究只是試著製作的低價商品。不但配件的品質差很多，還是處於沒有任何加工的赤裸裸狀態。只是將買來的配件加上花而已，這樣的飾品是否可以拿來販售都有點難說……」

「我是不太懂，但是有差那麼多嗎？」

「現在飾品的配件都做得很好。看在沒那麼講究的人眼裡，或許差異不大啦……」

如果只是像這樣將花裝飾在便宜的配件上，確實可以壓低材料費。

高價的飾品可以彰顯品牌價值，但同時也是零售業的一大瓶頸。即使如此，我還是執著於使用昂貴配件的原因在於……

「不過，配件劣化的速度會有很大的差異。只要好好保養，永生花就能維持好幾年。然而要是配件先損壞的話，就稱不上是完成的商品。」

「……原來如此。你說的也有道理。」

價格並非一切，但是高價的東西也有其道理。

以前在日葵家製作飾品時，雲雀哥曾經買了整套製作工具給我。至今明明幾乎每天都在用，那些工具卻依然跟全新時一樣好用。

所謂的品質，並非單指美麗跟便利性。正因為如今這個時代可以買得到便宜又好用的東西，有些事物才更應該好好珍惜。

「好。總而言之，這下子其他老師應該也都能夠接受吧。」

笹木老師開心起身，拿著販售計畫朝訓導主任的座位走去。

他以嘻皮笑臉的模樣將販售計畫拿給從剛才便一直偷瞄，並將雙手伸向後方抱住脖子的訓導主任看。

「主任。請過目一下吧！」

「……唔。」

哇啊啊啊……

訓導主任感覺超級煩躁。但是笹木老師沒有放在心上，反而像是提出自己的成果一般，驕傲地咯咯發笑。

訓導主任嘆了一口氣後，看起我的販售計畫。

「……唔嗯。這個內容比我想像的還更充實。」

「厲害吧。這可不是一般高中生會有的商業觀念呢。」

「以前也有個以拿這種東西嗆老師為樂，想法特別成熟的女學生吧。」

「請看看姓氏。他就是那個咲良的弟弟。」

「嗯嗯嗯……！」

訓導主任露出愁眉苦臉的樣子沉吟片刻。咲姊高中時到底在學校做了什麼好事……

察覺到我的視線，訓導主任輕咳一聲。

「……嗯，算了。允許你舉辦販售會。」

「謝謝訓導主任！」

「千萬不要引發任何問題。」

「呃，是……」

也不太相信我了……

低頭致謝之後，我便離開教職員室。

（總之突破第一個關卡了。）

午休還有一半的時間。

我決定直接前往科學教室，把販售會的計畫補充得更加完整。

（昨天咲姊說的……這個販售會的主題啊。）

這是第一場由我主導的販售會。

就像昨天對咲姊說的，腦中姑且有個想法。

配合這次的主角曇花，我也有很多想嘗試的事。為了讓這個販售戰略更加完善，我想儘早開始著手準備。

「……日葵要怎麼辦呢？」

校慶。

日葵對於這場飾品販售會顯得興致缺缺。

我的目標是從日葵身邊獨立。

不是像之前那樣把所有事都交給日葵這個模特兒，我也必須能在販售層面負起責任。為此，即使再少也想從現在開始累積經驗值。

（……但是，日葵並不期待我這麼做嗎？）

日葵覺得我一直在她的庇護之下創作比較好嗎？

但是我總覺得那以創作者來說已經沒救了。

（為了日葵而製作飾品就是這麼回事嗎？）

咲姊的理論就是這個意思。

如果要繼續為了日葵製作飾品，只會在日葵期望的形式下繼續創作。

這才是我正確的道路。

既然重視日葵，就更不該捨棄自己的目標。

但是這樣的我，真的是日葵喜歡的那個我嗎？

我的腦袋一片混亂，感覺快要打結了。

（總覺得好像又回到小小的庭園裡……）

我們應該已經踏出去了。

然而期盼戀愛這個嶄新關係的結果——彷彿讓我們又回到那個小庭園。

繼續就此待在這個庭園裡，真的能對我們的將來形成助力嗎？

（難道就沒有可以兩全其美的方法嗎……？）

在我絞盡腦汁時，突然聽見走廊傳來熟悉的聲音。

「———」

「———！」

日葵跟榎本同學嗎？

她們在做什麼？啊，難道是來確認計畫有沒有通過嗎？如此心想的我走過轉角。

只見日葵正要強吻榎本同學。

壁咚&抬起下巴準備吻下去。

哇啊～何等禁忌的場面。一般來說明明會覺得退避三舍，但是換成這種等級的美少女看起來反而如詩如畫。感覺四周好像開滿純白的百合花。

……好吧，那些姑且不管。

「……日葵？榎本同學？這是什麼狀況？」

結果兩人都嚇了一跳，轉頭朝我看來。

然後榎本同學不知為何以氣勢驚人的鐵爪功對付日葵！

「小葵，妳幹嘛突然做這種事———！」

「姆嘎啊啊啊啊啊啊啊啊啊啊啊啊啊啊啊！」

打倒日葵之後，榎本同學不容分說便朝走廊的另一邊逃走了。

（咦咦……）

剛才那是怎麼回事？

榎本同學離開之後，我獨自一人茫然地站在原地。

雖然不明緣由，不過日葵似乎打算襲擊榎本同學。大概是想強吻她吧？而且榎本同學好像也接受了……

但是為什麼……啊！難不成……！

「被小悠玩弄之後，我變成只喜歡女生……」

真的假的……

（如果不是這樣，我一點也不覺得榎本同學會輸給日葵……）

當我一個人陷入苦惱時，失神跌坐腳邊的日葵有了反應。

「唔，嗯——……我究竟……做了什麼……」

說得好像怨靈終於離開身體的日葵，一看到我就突然停下動作。

接著顯得一臉驚恐，說起一點都不自然的藉口。

「啊、啊哈哈哈。悠宇，在這裡碰面還真巧！你今天也很帥喔～！」

「呃，莫名其妙。而且早上我也坐在妳隔壁上課吧……」

更何況這裡是科學教室正前方。想也知道會遇到我。

我開始煩惱該說什麼比較好。畢竟沒想到會在這裡見到她。而且剛才還在煩惱的事也還沒得出結論。

當我們還是摯友時，不會發生這種情況。

是我的錯嗎？

難道在交往之後，比起日葵還是以飾品為優先是錯誤的選擇嗎？

在事情變得無法收拾之前，我得好好與她談談。我也知道有必要的話，就連販售會也要重新審視比較好……

「那個，關於校慶的事……」

「悠宇。我會全力支持你喔。」

咦？

話說到一半突然被打斷，讓我愣在原地。

日葵莫名表現出心意已決，憤慨激昂的樣子。

「昨天啊。哥哥說了讓我超生氣的話耶——！」

「雲雀哥嗎？」

日葵突然開始模仿，一邊將瀏海向上撩，還露出牙齒閃耀光芒。真不愧是犬塚家的ＤＮＡ。繼承了即使在沒有光源的地方也能讓牙齒閃耀的技術。

「對。他說了『妳沒辦法讓戀愛與夢想兩全其美』這種感覺的話。」

「是喔……」

也、也太巧了。

我昨天也才因為差不多的事被咲姊教訓了一頓。

日葵的背後彷彿燃起熊熊火焰，並且緊握拳頭。

「所以說！為了讓哥哥認輸，我決定拿出真本事！」

「是、是喔。咦，這樣好嗎？」

「啥啊？不如說除此之外沒有其他選擇吧？我們可是被人瞧不起，認為交往之後就變得不爭氣耶，太扯了吧。」

「就是說啊。我也覺得無法接受……」

日葵露出笑容。

「好，那就這樣決定了！在這次的校慶上，要明確證實我跟悠宇是命運共同體這件事！」

「嗯。那樣我也會很開心。」

說真的。

我鬆了一口氣。

（什麼嘛。日葵果然不是討厭和我一起追求夢想……）

這讓我覺得好像之前的日葵回來了。

懷著有點懷念的激動感受，我對日葵開口：

「那我們趕緊來討論販售會的主題……」

「啊，悠宇。我這裡有個提議。」

「咦？」

日葵把手掌伸到我面前。

看見「等一下」的那個手勢，讓我欲言又止。

接著日葵說出預料之外的發言。

「這次的販售會，還是由我來策劃吧！」

——咦？

我頓時說不出話來。

由日葵策劃販售會？

也就是說，這將會一口氣遠離「在我自己策劃的販售會達到銷售盈餘」這個目標。

「日、日葵？」

「嗯呵呵～我覺得這個機會是在測試我『自己將來能不能成為悠宇的夥伴』呢～畢竟『悠宇還是比較想專注於追求飾品的品質吧』？如此一來，我就要連『you』的後勤工作都全面顧及才行，而且也想把眼光放遠到總有一天要經營『you』這個品牌的實體店面之類的發展嘛。這次就像是預演一樣……」

日葵沒聽到我說的話，侃侃談論對於未來的展望。

儘管茫然，我還是聽她說下去。

（……如果是「一直以來的我們」，要舉辦販售會的話，確實會是由日葵主導策劃。）

這也正是我所期望的事。

我想跟之前一樣，和日葵一起努力。

依照這個邏輯，確實會是……這個發展。

但是，這次的販售會……

「蠢弟弟。既然你們成為戀人，這個崇高的想法就是錯的。」

……唔！

昨天咲姊所說的話，宛如詛咒在腦中揮之不去。

我緊緊抓住制服的衣襬，硬是吞下衝到嘴邊的話語。

日葵偏頭表示不解。

「悠宇，你怎麼了？」

「沒事……」

我搖了搖頭。

然後盡可能裝出沒事的樣子。

「真不愧是日葵。我還沒有想那麼多。」

「對吧～！重新愛上我了嗎？」

「真的重新愛上妳了。日葵果然是我最棒的夥伴。」

日葵害羞喊著：「嗚呀——！」並猛力拍打我的肩膀。

痛痛痛痛……日葵同學？妳是真心感到害羞嗎？還滿痛的喔。

在我痛到哀號之時，日葵豎起食指。

「所以說，直到校慶為止，禁止做些戀人的舉動喔。」

「就像考試期間那樣啊……」

「對啊～相對的，校慶結束之後，我們盡情去約會吧？」

「喔，好啊。稍微去遠一點的地方也不錯吧。」

「好耶～十一月的話，就去賞楓如何？」

「啊，賞楓真不錯。我也想去。」

這附近最適合賞楓的期間是十月下旬到十一月中旬。校慶在十一月初舉辦，那時候應該正好適合吧。

啊啊，感覺很棒呢。

光是走在一整排楓紅樹下，就有種在別的世界旅行的感覺。光是能夠與日葵一起漫步其中，就很幸福了。

……雖然提到楓葉，就會浮現那個身在東京的壞心大姊姊，但是楓葉是無辜的。別想太多，我要盡情享受。

正當我馬上沉浸在一個人的世界裡，才發現日葵在一旁竊笑。

「怎麼啦？」

「嗯呵呵～悠宇，你真的只有期待賞楓嗎？」

什麼意思？

見到我沒有跟上她的思緒，日葵靠到我的耳邊悄聲說道：

「校慶啊。悠宇也很努力的話，我就會給你很～多很多『獎勵』喔。」

「……嗯！」

唔咕！

這個突襲害我愣了一下便僵在原地。

咦？什麼？獎勵嗎？

意思是除了賞楓之外還有獎勵嗎？而且應該是情侶之間會做的事吧？

（也就是說……嗯嗯？）

回過神來，才發現日葵的肩膀抖個不停。

就在我「啊！」想通的瞬間，日葵爆笑出聲。

「噗哈哈——！悠宇竟然真的害羞了～～！」

「少囉嗦。妳自己也是滿臉通紅好嗎……」

不只白皙的肌膚，甚至紅到耳朵了。

為什麼會因為自己說的話受到打擊啊……

「嗯呵呵～悠宇同學究竟想像了什麼事呢～～？」

「煩死了，趕快回教室吧。」

午休結束的鐘聲響起，我們連忙返回教室。

……這不是錯誤的決定。

就算不是由我主導，依然是「you」的飾品販售會。

既然我很重視日葵，這麼做才是最好的選擇。

想要獨立自主之類的雜念，只會成為阻礙而已。

我之所以想成為厲害的創作者，就是為了要跟日葵一起得到幸福。

◇◇◇

校慶販售會，就決定由我來主導策劃。

放學後。

我獨自一人在科學教室攤開筆記本。

（狀況都掌握在手中！現在只要拿出成果，就可以證明自己能兼顧「戀人」跟「夢想夥伴」兩個身分！）

噗哈哈哈哈。

悠宇肯定會驚豔於我隱藏的才能，泣不成聲呢。

直到他抱著我的腳哭喊：「日葵大人～對不起喔，我之前對妳說過那麼多囂張的話～往後請讓我們一起手牽手努力吧～」這情景都已經設想完畢！

好啦。先不提我幸福的未來……

……販售會應該怎麼策劃才好呢？？？

我緊盯一片空白的筆記本。

毫無疑問是空白筆記本。

紙張滑順感覺很好寫。

儘管被我凝視到好像快要破洞，終究還是一片空白。

「……嘿！」

我試著揮動手指。很可惜的是不像魔法師的弟子那樣，隨隨便便就能讓筆自己動起來，寫下計畫內容。

我無計可施了。

（不不不，等一下啊。日葵美眉才不會這麼輕易放棄。）

心中的大小姐「喔呵呵呵！」笑著，我再次看向筆記本。

（話雖如此，我真的不知道該怎麼策劃耶。）

完全不是我的專長。

哥哥說得沒錯……我在經營方面的知識，終究只是從哥哥他們身上現學現賣而已。畢竟不是自己的親身經歷，也無法超出知識的範疇。

（我的最大弱點就是從零開始……）

我看了一下「you」的線上購物網站。整體來說是突顯悠宇飾品的照片，兼具直觀跟可愛的設計。

（我當初是怎麼做出來的啊……）

印象中好像有個架設網站的模板集。我是從中擷取素材，拼拼湊湊做成現在這個樣子。

（還滿可愛的。我果然比較擅長加以運用耶～）

看到一線光明了……我是這麼覺得。

也就是說，在由我策劃這點看來，最重要的是不要展現自我。最好是參考其他販售會的形式，複製對方的方向性。

但是……要參考什麼呢？

（又不是到處都有在舉辦販售會……嗯嗯？）

無意間，腦中浮現榎榎的臉。

榎榎家的蛋糕店……超可愛的呢～暑假打工時有好好打掃每個角落，就連商品架的設計也都記得非常完美。

我的眼睛亮了起來。

（要模仿……榎榎他們家的店嗎？）

這真是非常誘人的點子。

簡直就跟被邪惡魔女誆騙的漢賽爾與葛麗特一樣。感覺會窩在糖果屋裡變得圓滾滾。

（不過應該沒關係吧！反正榎榎也是「you」的成員，事後再取得她的同意就好！）

我懷著雀躍的心情，正準備要在筆記本上下筆。

然而……

「……咦？」

手一動也不動。

又沒有被魔女下詛咒，不知為何手指卻動彈不得。感覺就像遭到理性拒絕一般。

（啊，這下糟了……）

這是半年來已經遇過無數次的狀況。

我的本能加以抗拒。面對榎榎太過強大的第一女主角氣場，導致心中膽怯的小狗正在吠個不停的感覺。

不，別認輸啊，日葵。

榎榎已經放棄悠宇。事到如今不用再擔心會被她搶走！

（榎榎也是「you」的成員！榎榎也是「you」的成員！榎榎也是……）

一邊默念這句咒語，一邊拿著筆桿一下又一下戳著自己的頭。

運轉經過按摩血液循環變好的腦袋，再次看向筆記本重新挑戰！

「～～～～～唔！」

不、不行……！

我把筆丟開。但是力道出乎意料強勁，滾走的筆就這麼從桌子的另一側掉下去。

「……懶得動。」

我坐在椅子上挪動屁股，使勁在桌子底下把腳伸過去。雖然想用腳尖把筆勾過來，但卻陷入苦戰。

噗呵呵，這個姿勢也太沒規矩了。要是被男朋友看到這副德性，就少女心來說可就活不下去了呢！

（啊，快碰到了……啊，不行，不是往那邊，滾過來這邊啦～……）

就在筆跟腳玩捉迷藏的時候，身旁忽然傳來一道聲音。

「……小葵。妳在做什麼？」

「噗嘎啊！」

本來已經來到椅子邊緣的屁股就這麼直線落下。

我以有如經典懷舊的搞笑節目一樣屁股著地，痛到發出「唔喔喔喔！」的哀號。

抬頭一看，只見榎榎以傻眼的模樣俯視我。

「嗨、嗨～榎榎，妳今天也是超口愛的～」

「……嗯。謝謝。」

啊，她撇開視線了。這是讓人感受到「剛才就當作沒看到好了」的溫柔。

我懷著這種體貼反而讓人更受傷的感慨，把筆撿起來坐回椅子上。

榎榎也在對面座位坐下，並將作業攤開。今天管樂社是不是不用練習呢？

「小悠呢？」

「在整理花壇喔～～他說有些東西想在校慶販售會之前先準備一下。」

「喔～……」

她不怎麼感興趣地回了一句。

然後一邊寫著數學講義，一邊以沒興趣的態度問道：

「你們不一起整理嗎？」

「我要策劃販售會的創作概念！」

「概念……也就是販售會的主題吧？是由小葵來策劃嗎？」

啊，她抱持高度懷疑。

我把剛才難堪的結果推到一旁，得意洋洋地抬頭挺胸說道：

「是啊，只要交給我，馬上就能完成。我會策劃出非常非常可愛的販售會喔～」

「……嗯。加油喔。」

啊，她不相信！

討厭啦～榎榎，真希望妳能幫我提振一下士氣耶～就算是騙我也好～

（嗯嗯？這麼說來，榎榎……）

我探出身子向她問道：

「欸，榎榎。妳在東京時有去那場個展吧？」

「……嗯。」

「那場東京的個展應該很時尚吧？妳覺得試著模仿那場個展的設計怎麼樣？何況悠宇也說當時參加得很開心。如何，這個點子不錯吧？」

「咦……」

榎榎露出微妙的表情。

該怎麼說呢，愁眉苦臉？還是嘴巴變成ㄟ字形的感覺？

她在思考的同時，沉吟說道：

「嗯——可是我覺得不要那樣比較好耶……」

唔唔？

她是覺得我辦不到吧～？

「別擔心！我在你們店裡打工過後也升級了！」

「……我不是這個意思。」

她嘆著氣答應了。

「如果小悠覺得可以，那樣也行吧。」

這、這個回答好有深意啊～

那場個展有什麼問題嗎？

但是根據悠宇的說法，好像是非常時尚，而且極具品味。這點讓我有點在意……而且也想不到其他好點子了～

（算了，沒問題吧。我雖然不擅長從零開始，但是很會參考其他成品啊。）

是我太不當一回事了。

於是我用這種輕鬆的態度，決定參考悠宇在東京體驗的那場個展。

♣ ♣ ♣

過了幾天的放學後。

日葵跟榎本同學來到我家。既然販售計畫得到許可，我們正式著手準備校慶……然而出現幾個問題。

首先是最大的難點。

「……悠宇。這該怎麼辦？」

「……怎麼辦才好呢？」

改裝房裡的衣櫃打造而成的室內園藝區。

我只是看著坐鎮於正中央，高達一公尺的巨大噴泉形盆栽……這是從新木老師家裡搬過來的曇花。

這株曇花沒有開花。

我幾乎每天晚上都在觀察，但是完全不開花。要是再等下去，就算開花也會來不及加工製作飾品。

「話雖如此，唯獨這點真的無能為力……」

曇花是種隨心所欲的花。

即使好幾年沒開花，也有可能突然冒出幾朵盛開的花。現在花苞膨脹的感覺很不錯，所以原因應該不是出在花的養分不足……

「話說榎本同學呢？」

「她說要在樓下跟大福玩～」

「喔喔，原來……」

難怪從剛才開始就一直聽到我家的白貓大福發出「喵嘎啊啊啊啊啊啊！」的哀號，原來是這樣……榎本同學，究竟要怎麼做才會讓貓怕成這樣呢？

日葵嘆了一口氣。

「既然不開花，那也無計可施吧～先來處理現在可以做的事吧？」

「也是。而且也要先著手處理曇花以外的花才行……」

這時日葵「嗯呵呵～～♪」露出無所畏懼的笑容。

我還在心想到底怎麼了，她突然從書包中拿出資料夾，接著把一疊資料抽出來。

我看了一眼……喔喔！

「這個好厲害！」

日葵「噗哈哈！」發出得意的笑聲。

接著拿起資料夾，用手拍了一下說道：

「命名為『校慶‧將「you」帶往勝利的機密手冊』！」

「首先那個命名品味也太糟糕……」

竟然在第一步就能讓人吐槽，未免太強了。

我接過資料開始翻閱。然後感到驚訝不已。

「這、這是……」

內容不只是到校慶之前的日程安排、販售會當天的時間分配，還有會場設計……像是販售會商品配置之類的平面圖樣本。

全都列得非常仔細……天啊，甚至還從將商品送達販售會的日期往回推，設定出開始製作飾品的期限日期等等。

「太厲害了。妳在這幾天就做好了嗎？」

「只要交給我，只不過是小事一樁啦～」

不愧是平時就接受雲雀哥的菁英教育。畢竟直到榎本同學加入之前，「you」的事務工作也全都是交由日葵處理。

日葵一邊翻閱資料，並且一一加以補充。

「首先，這次販售會的主題是『雅緻(Chic)』喔。」

「原來如此。雅緻啊……」

ＣＨＩＣ……該怎麼說，有種時尚的感覺吧？

這個主題可以聯想到什麼呢？像是古典電影之類，或是有種都會感……啊！

有了這個預感之後，我再看一次販售會場的設計。這種東西很少，有種留白的感覺，然而又取得絕佳平衡的配置方式……我有印象。

「難道是像天馬的個展那種感覺嗎？」

「噗哈哈。真不愧是悠宇，還是看得出來吧～」

「確實看得出來……咦，我沒跟妳說過天馬個展配置圖之類的資訊吧？」

而且我也沒有平面圖這種東西。

我也是在個展當天聽聞天馬口頭說明。

日葵一臉得意地給出解答：

「是榎榎給的建議喔～」

「咦，真的假的……」

榎本同學確實有參加那場個展。

但是榎本同學沒有參與擺設的過程。就連個展也只參加了第一天。

也就是說，她在那一天就連個展的設計都記下來了啊……我知道她很聰明，但是這下真的讓我感到十分驚訝。

「嗯？悠宇？」

「啊，沒事……不過能做到這麼接近的地步，讓我嚇了一跳。」

主題是「ＣＨＩＣ」。

天馬的個展確實與主題完全貼合。既然是要承襲那個風格，我也能明白儘量精簡布置物品的原因。

一個沒有太多矯飾，沉穩又舒坦的空間。

三張長桌設置其中。

只有講桌上擺了一枝花。

運用教室寬敞的空間，遠離校慶的喧囂。這樣應該與我的花卉飾品形象很契合。

「日葵。這個放在講桌上的花瓶，有想要放什麼嗎？」

「咦？我還沒想那麼多……」

「那就放火鶴花吧。」

「可以啊，但是為什麼？」

「粉紅色的火鶴花花語是『不經矯飾的美麗』。跟這次的主題很契合吧。」

「喔喔！真不愧是悠宇！我的命運共同體！」

我們喊著「耶～」並雙手擊掌。

這種感覺真棒。最近兩人之間時常發生摩擦，現在總算恢復我們平常相處時的氣氛了。

既然已經決定，就得來準備火鶴花。

雖然那是夏季的花，但是應該直到十月都會開花。只要找到花苗，再用ＬＥＤ燈調整生長速度大概就沒問題。

「日葵。謝謝妳。如果只靠我一個人，沒辦法顧及這麼多事。」

不能使用我之前想的設計之後，其實心裡覺得有些不安，但是看到日葵的計畫，開始讓我覺得「在販售會上達到銷售盈餘」的這個目標變得愈來愈有可能實現。

得意的日葵紅著臉頰。

「噗嘿嘿。還好啦，畢竟我是悠宇的命運共同體嘛。」

好可愛！

可惡，她還是很擅長像這樣突襲。強調自己能幹的一面之後做出這種反應更是狡猾。真不愧是人稱魔性之女的高手。

當我如此心想時，她突然戳了戳我的臉頰。

「咦～？悠宇，你該不會是因為我這麼能幹而重新愛上我了吧～？」

「別這樣啦！」

我連忙甩開她的手，日葵也「噗哈～！」笑了出來。

這傢伙竟然使出「噗嘿嘿」跟「噗哈～！」組合技，也未免太狡猾了。用出這種把兩個相反的屬性搭配在一起的究極魔法，打算把一切轟得灰飛煙滅嗎……

「日葵，可以把日程的部分也加進去嗎？」

「好啊～那麼……」

正當我們針對手冊的細節進行討論時——

白貓大福發出「喵嘎啊啊啊啊啊啊啊！」的哀號衝了進來！

「哇啊啊！呃，日葵！快抓住大福！」

「好、好喔！大福！」

大福動作敏捷地在房裡跑來跑去。

我慌慌張張把放曇花的衣櫃關起來並上鎖。要是被牠闖進來，這次販售會就真的完蛋了！

大福弄倒桌上的桌燈，最後鑽進床底下。接著就是一片寂靜。

「喂，大福？」

「大、大福～？」

我跟日葵一起看往床底下。

渾圓屁股對著我們的大福正在顫抖。我家這隻目中無人的貓竟然會害怕到這種地步，到底……不，我大致上想像得到。

我跟日葵得到等大福冷靜下來之後，應該就會自己出來的結論便一起下樓。

到了客廳一看，就某種方面來說，確實是正如預想的慘狀。

慘遭撕裂的貓用玩具散落一地，頭上頂著貓耳髮箍與開封肉泥的榎本同學抱著膝蓋坐在地上……同時散發陰沉有如瘴氣的氛圍。

「……好想死。」

「榎本同學！沒事的，妳先冷靜！剛好而已！真的只是剛好大福今天心情不好！」

「對、對啊！榎榎！大福稍微習慣跟妳玩了！絕對有！」

就連日葵也不禁覺得她很可憐，跟我一起努力激勵她。

榎本同學在來到我家的路上，帶著滿臉笑容幹勁十足地說道：「今天一定要跟大福變得相親相愛」……

榎本同學的眼神依然死氣沉沉，不願與我們對上視線。

「在東京的貓咪咖啡廳明明很順利……」

「我家的大福比較難搞……」

再怎麼樣我也說不出「因為那些貓是在工作」這種話。

總之，得先處理榎本同學才行。總之先去拿毛巾跟……啊，在那之前要先拉她起來。

「榎本同學？來，妳先去洗頭吧……」

「嗯……」

我若無其事地牽著榎本同學的手，幫她站起來。

這時榎本同學忽然看著我們牽在一起的手眨了眨眼……不知為何整張臉變得通紅。

「哇啊————！」

「嘎啊啊啊啊啊啊啊啊啊啊！」

毫無道理的鐵爪功突然朝我襲來！

我瞬間就被解決，當場倒下。榎本同學也快步離開客廳。

「為、為什麼……」

「悠宇。你對榎榎做了什麼……？」

「我、我應該……什麼都沒做……」

……自從之前協助我製作販售計畫時開始，榎本同學莫名顯得跟我很疏遠。

明明一直強調我們是「普通朋友」……難道對榎本同學來說，普通朋友是只要靠近就會發動攻擊的對象嗎？這是什麼意思，古代戰鬥民族嗎？還是只跟強者建立友情的那種女生？

ちゃ〜る

（……咦？這麼說來，她之前差點跟日葵接吻吧？）

難不成榎本同學……「因為被小悠玩弄的關係，害我變得要是被女生以外的人觸碰，就會出現抗拒反應」之類的？這怎麼可能。未免太荒誕無稽了……然而畢竟她可是榎本同學。總是會超乎我的想像……！

不對，還有比這個更重要的問題！

「既然榎本同學沒事，我想繼續討論販售會的事……」

「啊，嗯。有什麼讓你感到在意的地方嗎？」

「看樣子會場裝飾不用耗費太多工夫，現在應該要專注於飾品製作吧。我想立刻確保可以做事的地方，而且除了曇花以外，也要準備其他花卉才行。」

既然必須準備足夠的商品數量，我想要有個可以專心做事的地方。

要在學校的科學教室製作也行，但是每天都要把器材收拾乾淨，不太適合大量生產。

「而且還要照顧曇花……」

要做的事情實在太多了。

就算我再怎麼喜歡花卉，總是有個限度……

「只靠悠宇一個人沒辦法處理所有事啦。你在上課的時候也在打呵欠吧。」

「守夜一整晚果然很累……」

曇花是種只會在夜晚綻放的花。

既然要採收曇花花被，就必須在晚上監視才行。

最近是在製作其他花卉飾品的同時稍加注意，然而我只要專注於飾品就會無法注意周遭狀況。即使曇花開了，我也很有可能就這麼忽視。

而且最糟糕的狀況，還是削減睡眠時間。

日葵無奈地嘆了一口氣。

「不然來我家做吧？」

「去日葵家嗎？」

「對啊。我家有暑假時購買的器材，更重要的是還有空房間吧？這段時間你就住在我家，大家可以輪流監視曇花。」

「這個提議是很令人感激，但是這麼一來去妳家住不就沒意義了……？」

「不是，如果花開了就要立刻採收，悠宇不能不在場吧……」

她的說法完全正確。

確實就算立刻打電話聯絡我，也很有可能睡過頭。何況犬塚家也有可以加工花卉的完善設備，對我來說真是求之不得。

只是……

（……我總覺得有不祥的預感。主要是就雲雀哥來說。）

我跟日葵正式交往的現在再去他家住的話，感覺那個人會妄加猜測，無法保證不會做出什麼奇怪的事……不，他肯定會採取某些行動。在我踏入屬於他家範圍的瞬間，說不定就會以光速要我在結婚證書按押拇指印。

當我為了這個可能發生的未來煩惱時，日葵不知為何緊緊盯著我。

「你都跟榎榎在外面過夜了，不能跟我過夜是什麼意思呢～？」

「唔……！」

既然她這麼說，我一句話也無法反駁……

「我、我知道了。只靠我自己一個人確實辦不到。」

聽到我的回答，日葵切換成好心情模式喊著：「耶、耶、喔～～！」並高舉手臂。

「好～那麼……」

「我知道了。直到曇花開花之前都住在小葵家吧。」

咦？

嚇了一跳的我跟日葵同時回頭看去。不知不覺離開洗臉台回來這裡的榎本同學，正在用毛巾擦拭濕漉漉的頭髮。看樣子應該仔細沖洗乾淨了。

接著又若無其事問了一句：

「什麼時候過去？明天開始嗎？我回家跟媽媽說要住小葵家喔。」

「咦，榎本同學也要來嗎……？」

榎本同學也愣了一下。

「不是還有小慎提出的『三個條件』……」

真木島的「三個條件」。

那是真木島針對這次飾品販售會，向我們提出的莫名規則。

一，在校慶結束之前，製作飾品時三個人必須一起行動。

二，飾品的主題是「榎本凜音」。

三，當成員意見產生分歧時，以榎本同學的意見為優先。

確實根據這個規則，也要請榎本同學參與住在日葵家，便於採收曇花的計畫。

但是總不能連晚上要處理的事都把她牽扯進來。真木島也有說過，基本上只要是「盡可能努力做到」的程度就可以了。

話說榎本同學原本對販售會沒有那麼大的興趣吧？

好像就連日葵都沒想到她會這麼積極，正在思考應該如何反應的樣子。大概是察覺我們這樣

的氣氛，榎本同學不禁低下頭。

「……啊，嗯。也是呢。我『只不過是朋友而已』，說出這種奇怪的話害得你們傷腦筋，真是不好意思。」

這句話狠狠刺中我們的心。

如此一來，感覺就像那麼回事。好像在對她說「不要打擾我跟日葵兩人獨處的恩愛時刻啊」一樣。這對於出自善意提供幫忙的榎本同學來說，感覺真的太差勁了。

日葵連忙揮手說道：

「榎、榎榎！沒這回事！我很歡迎妳來！」

「就是說啊！機會難得，榎本同學也一起來吧！」

展現出明顯是刻意為之的歡迎。

榎本同學瞇著眼睛投來懷疑的眼神，最後還是微微點頭。

「……好。那就明天見。」

如此說道的她面無表情地將書包揹在肩上。只見表情雖然超級冷淡，但卻感覺心情很好地晃動肩膀走出客廳。

……榎本同學平常雖然裝作不放在心上的樣子，其實最喜歡這種非日常的活動了。所以絕對想要參加。

「日葵，這樣好嗎？」

「嗯——算了，我家的人應該ＯＫ吧。畢竟從小就認識榎榎了。」

「我不是擔心這個，而是指雲雀哥……」

「啊～……」

日葵也想到這件事。

日葵的哥哥雲雀哥與榎本同學的姊姊紅葉學姊是水火不容（？）的關係。這件事似乎給雲雀哥留下太過深刻的心理陰影，以至於會做出抗拒所有與紅葉學姊有關的人這種幼稚……不對，應該說是澈底自我防衛的反應。

日葵這時露出美麗的笑容。

「算了，最糟的狀況就是哥哥住悠宇家，讓他自己一個人生活就好～」

「這算是解決辦法嗎……？」

為了讓我們住在日葵家而把雲雀哥趕出去這種事，未免太過莫名其妙。

「如果是那個人，只要跟他說可以睡悠宇的房間，應該就會喜孜孜地跑來了。」

「我真討厭想像得到那種狀況的自己……」

絲毫不想讓狀況變成那樣，所以明天還是努力說服他吧。

「那我也去對面的便利商店跟咲姊還有爸爸報告這件事吧。還要請他們幫忙調整一下打工的班表。」

「也是～由我來向咲良姊說明吧～」

「喔，那真是幫了大忙。」

暑假時也在排班方面給我很大的通融，所以現在感覺有點難開口。就這點來說，由於咲姊最喜歡日葵，成功機率應該比我開口更高。

……就是這樣，我們決定要一起住在日葵家，直到曇花綻放為止。

♣ ♣ ♣

從隔天開始，我們立刻在日葵家展開特別集訓。

放學後跟日葵一起前往犬塚家。榎本同學預計在管樂社的練習結束後再來跟我們會合。

我們即將可以看到在這個地區具有象徵性，犬塚家有如武家建築的氣派大門。

「這麼說來，上學期的補考讀書會時，也有過類似的情境。」

「啊哈哈。悠宇還在玄關被哥哥整了一頓，嚇到跌倒呢～」

吵死了。

那次怎麼想都是妳設的局吧。

「應該快要可以看到妳家……嗯嗯？」

在沒有門板的大門上方，垂掛著極為醒目的白色布條。

「歡迎！孫女婿夏目悠宇先生一行人！」

……哇喔。

我抓住日葵的領子後方把她拖到暗處。不禁對著以尷尬表情撇開視線的日葵埋怨：

「就是因為這樣才不想來日葵家啦！」

「啊？你好意思這樣嫌棄別人的家人喔。」

「那麼我問妳！如果我家咲姊是會做這種事的人，妳會來我家玩嗎？」

「怎麼可能啊。」

我想也是！

我在高一時之所以沒有靠近日葵家，就是因為會有這種狀況。

就連彼此還是摯友時都做過那種事，正式交往之後的確會變成這樣。由於最近都沒有見到她的爺爺，害我完全疏忽了。

「我總覺得有股不祥的預感，原來是這樣啊……」

「啊哈哈～一聽說你今天起要來我家住，爺爺他們都很有幹勁～」

暑假剛開始時也去日葵家叨擾過幾次，然而畢竟當時我們還是摯友，所以才手下留情吧。真不愧是名門，很懂得這種心理攻防。我這種小鬼根本沒辦法抗衡。

應該說，你看對面那些阿姨們露出「哎呀，那不是夏目小弟嗎？」、「哎呀～整個人都變成熟了。」之類的眼神好刺人。為什麼連日葵家的鄰居都認識我了……

作好覺悟走過那道沒有門板的大門，踏入犬塚家。在漂亮的日式庭園裡，有個穿著西裝的瀟灑型男雙手抱胸擺出完美的姿勢。

那個人當然就是雲雀哥。

我確實預料到他在家，但是沒想到會真的在玄關堵我。至於這個時間為什麼沒在工作……我就懶得再說些無謂的吐槽了。

「悠宇！歡迎你來我們犬塚家！」

「你、你好，雲雀哥。還請多多指教……」

雲雀哥拿下太陽眼鏡，潔白的牙齒也閃耀光芒。

「悠宇。你總算下定決心要成為犬塚家的一員啦。」

「那個，你應該有聽說我只會在這裡住到曇花開花為止吧？」

「…………」

「聽我說啊！欸，拜託不要裝作沒聽到！」

不要這麼自然地左耳進右耳出啊……

「哈哈哈！跟你開個玩笑♪」

「真的嗎……」

「好啦，為了歡迎悠宇，晚餐可要準備得豪華一點才行。」

「不用了，普通的就好……應該說各位可以不用管我……」

「壽司跟懷石料理，你喜歡哪一種呢？」

「沒在聽我說話嗎？這個人真的沒在聽人講話！」

「對了。既然要連續住好幾天，乾脆僱用住進家裡的廚師也可以……」

「真的不用了！我會去旁邊的便利商店買麵包吃！」

確實是很令人感激啦。

但是這個人的基準跟平民不一樣，感覺真的會找個城裡知名的主廚回來才這麼令人害怕。就算說是米其林幾星什麼的，我也不可能吃得出來吧……

大概是總算將我拚命的說服聽進去，雲雀哥「唔嗯……」嘆了一口氣。他能改變心意真是太好了。總不能害他為了我這種小鬼，隨便揮霍重要的金錢。

當我鬆了一口氣時，雲雀哥一臉正經地唸唸有詞：

「原來如此。總之先來個壽司是吧。」

「從來沒看過這麼強硬的溝通方式……」

我已經放棄了。任何料理都端上桌吧，我這個不懂美食的平民會全部吃個精光。

就在我感到不耐煩時，本屋那邊傳來尖銳的聲音。

「等一下！」

那是儘管沙啞，還是中氣十足的聲音。回頭一看，只見一位穿著和服的白髮長者氣勢十足地站在眼前。

他就是日葵的爺爺——犬塚五郎左衛門爺爺。

高齡八十八歲。偶爾會因為腰痛而住院，但是直到現在依然是犬塚家的一家之主，堪稱帝王。雖然上了年紀，強烈散發的霸氣絲毫不見衰退。

那道銳利的目光怒視雲雀哥。

「雲雀啊。你在自作主張什麼……」

「爺爺……」

氣氛突然變得一觸即發。

面對眼前有如高手認真一決勝負的氣氛，我緊張地嚥下口水。這就是日常隨時在賭命的男人們散發的壓迫感……

說不定我們要來住的這件事，並沒有經過一家之主的五郎左衛門爺爺同意。畢竟家裡有年輕的孫女，有這種顧慮也是理所當然。

（……一般家庭或許會這麼想。）

但是我很清楚。

我知道接下來將會發生怎麼樣的慘劇……

而且果不其然。只見五郎左衛門爺爺睜大雙眼，伸直四肢仰躺在地。然後開始甩動手腳鬧起脾氣了！

「老夫不是說要親自來迎接悠宇嗎～～！」

「吵死了，老人家。乖乖到走廊那邊下將棋吧。」

「不要不要！老夫也想跟孫女婿玩～！」

「唉。這個老賊究竟什麼時候才肯歸西啊……」

雲雀哥對仍在鬧脾氣的五郎左衛門爺爺拋下如此冷漠的話。

……嗯——這個家裡的男性還是一樣人不可貌相。話說在大門掛上那個布條的人也是五郎左衛門爺爺。童心未泯是件好事，但是對於青春期的男生來說，真的只會覺得饒了我吧……

當我如此心想時，五郎左衛門爺爺朝我走了過來。

「所以說，悠宇啊。今天的晚餐就由老夫決定吧！」

「非常感謝您的心意，但是我只要有平民的料理可以吃就好……」

「那麼就把有在往來的法式餐廳主廚找來吧！」

「所以說真的拜託不要這樣……！」

五郎左衛門爺爺頓時消沉下來。看樣子是死心了。

呃，他這麼歡迎我確實讓我感到很開心，但是這個人也是如果放任他去準備，就會想讓我吃些極盡豪奢的料理啊。

當我鬆了一口氣時，五郎左衛門爺爺一臉正經地喃喃說道：

「原來如此。總之先來個白松露是吧。」

「不好意思。這招雲雀哥剛才用過了……」

這個人的言行舉止真的與雲雀哥一模一樣。

就連要是直接對當事人這麼說就會生氣的反應都一樣，甚至令人懷疑是否事先套招。

就在我苦思該怎麼收拾這個殘局時，玄關傳來女性的聲音。

「真是的，爸爸、雲雀。你們這樣不行喔，嚇到悠宇了好嗎？」

聽這個聲音，是日葵的媽媽犬塚郁代阿姨！

日葵的媽媽……也就是五郎左衛門的親女兒，有著比日葵更濃厚的西歐血統，是一位出名的混血美女。她給人冷靜的印象，在五郎左衛門爺爺跟雲雀哥起紛爭時負責仲裁。

總之，既然郁代阿姨現身就能放心了！

「悠宇，儘管放心吧。晚餐我會準備一些家常料理。」

「謝、謝謝！」

鬆了一口氣的我轉頭看向郁代阿姨。

……這名身穿和風獵裝的混血美女，肩上不知為何扛著一挺獵槍。

「我這就去抓食材回來。」

「請問扛在肩上的獵槍是怎麼回事？那個，妳究竟打算去哪裡抓食材呢？」

這麼說來，郁代阿姨持有狩獵許可證跟屠宰執照，常會進入山中狩獵。以前她也曾經拿野豬肉分給我家。

但是現在已經天快黑了，在大家的說服下總算改變心意。總感覺這個媽媽其實才是最有個性的人呢……

「真的很感謝各位的好意，不過我只是來借個地方監視曇花……」

總之我先把帶來的伴手禮「MOCHIKICHI」的仙貝禮盒拿給他們。

然而五郎左衛門爺爺跟郁代阿姨還是不停抱怨。

「但是啊，難得孫女婿大人要來住呢。」

「就是說呀。得讓女婿大人習慣我們家的生活才行。」

如果要繼續說什麼女婿大人的，我可就真的要走嘍。

這家人明明養大了兩個男生，為什麼還這麼不理解青春期男生的心情啊？壓迫的方式太誇張了吧……

「日葵，真虧妳有辦法忍受。」

「咦？這樣很普通吧。」

她說得一臉若無其事……這麼說來，基本上這傢伙自我肯定的意識很強烈。大概是受到這種教育所賜吧。

為了校慶準備的監視曇花工作就此展開。

♣ ♣ ♣

我搭郁代阿姨駕駛的小貨車回家一趟，將曇花盆栽跟換洗衣物帶過來。

整理完畢之後，剛好到了晚餐時間，榎本同學也跟我們會合。

我原本很擔心雲雀哥會不會反對，沒想到他很乾脆地迎接她進到家裡。儘管感到費解，但是如果引發奇怪的問題也很可怕，我還是不要多嘴好了。

大家一起吃過晚餐之後，我們三個人借用客房確認整體日程。

順帶一提，我在製作飾品時所要用到的器材，在這裡也一應俱全，感覺就像把學校的科學教室搬過來一樣。

「從日葵推算出來的時程表來看，曇花飾品來得及完成的時間是……」

我的視線自然而然看向放在客房一隅的曇花盆栽。當然沒有開花……我雖然很想說不要急慢慢等。

「如果一星期內沒有開花，可能會有點危險……」

「咦？兩星期應該也沒問題吧？」

「如果是一般的花，那樣是來得及完成啦……」

我的腦中浮現暑假時用飾品與紅葉學姊一決勝負的那件事。

為了回應紅葉學姊下的戰帖，我做了一頂向日葵后冠。但是就結果來說，我錯估花卉加工的時間，害得向日葵枯萎了。

我不能忘記當時的教訓。

這次的曇花也是，儘管不比向日葵，花還是很大。為了防止那樣的意外再次發生，我想把製作期間拉長一點。

「嗯——」日葵沉吟了一下。

「原來如此啊～考慮到這一點，一星期內確實是極限了。」

「曇花要是沒開，販售會上只好擺放其他低價飾品了。」

「好～那我來挺身相助吧～♪」

「咦？妳想到什麼點子了嗎？」

「嗯呵呵～不、告、訴、你♡」

天啊，我只有不祥的預感……

唯獨這件事只能視曇花的心情而定，如果她想做點嘗試倒也無妨。

「那麼我先來整理飾品配件。」

「ＯＫ～榎榎，不然我們先去洗澡吧？」

「嗯。好啊。」

日葵如此提議，榎本同學也點頭答應。

不知為何，總覺得榎本同學的眼睛好像在閃閃發亮。不過我也能夠理解啦。這個家的檜木浴缸會讓人覺得好像來到飯店，超級興奮的。

正當我如此心想時，日葵對我「呀☆」戳了一下我的鼻頭。

「不可以偷看喔♪」

「怎麼可能偷看啊。又不是妳……」

現在這個時代，就連畢業旅行時都沒有人會講這種話了……

既然如此事不宜遲，日葵推著榎本同學的背走了出去。在紙門的另一頭，尖聲聊天的女生話題也逐漸遠去……

「榎榎。一起洗吧～～♪」

「咦，我才不要……」

「為什麼啊！」

我也同意榎本同學的意見。

即使是同性，也有些人不想讓別人看見自己的裸體吧。要不是雲雀哥硬闖進來，我也覺得自己一個人比較輕鬆。何況對方還是日葵，感覺超級危險。

「好了，開始整理吧。」

我開始著手進行花卉加工的準備。

明天新木老師要去廠商那裡進貨時，我也會一起採買這次販售會要用的花。

……其實我很想連花都自己種。但是最近沒有那樣的從容。

（不，那也只有現在。再過個一年半，總會有辦法……）

高中畢業之後，就有時間可以栽培花卉了。

現在只要專注於追求製作飾品的技術就好。只要提升自己的能力，高中畢業之後能做的事應該也會變得更多。

連日葵都拋開之前那麼期待一起逛校慶的計畫，陪我嘗試這項新的挑戰。那我也要成為值得日葵提供協助的創作者。

（我在做的事，絕對沒有錯……）

現在只要專注於走在自己相信的道路上就好。

♣ ♣ ♣

大概過了一小時左右，紙門從外頭打開。

洗完澡的日葵換上充當睡衣的浴衣，探出頭來。

「悠宇。剛才說的祕技已經準備好嘍～」

「喔。我這就過去。」

「啊，要帶曇花的盆栽過來喔～」

「要帶曇花？」

她到底有什麼打算？

總之，我照她說的抱著盆栽過去。結果就在走廊的庭園前方，感受到好像很熱鬧的氛圍。

「唔喔……」

跟日葵一樣換上浴衣的榎本同學還有郁代阿姨也在那裡。

大和撫子風格的美少女與西歐美女，就站在犬塚家的日式庭園中。她們手持扇子腳穿拖鞋的光景，有種溫泉小鎮的振興海報的風情。

……不過敏銳察覺我這份感動的日葵擠進眼前的風景還比出V字手勢，瞬間就把整個氣氛破壞殆盡就是了。

「榎本同學。這是在做什麼呢？」

「啊，小悠。」

榎本同學跟郁代阿姨正在準備蠟燭跟水桶。

為了不再突然遭受鐵爪功的襲擊，我一面保持距離一面看過去，只見走廊上擺滿大量的手持煙火。

日葵別有深意地「呵呵呵」笑了。

「嗯呵呵～命名為『用煙火讓曇花美眉嗨起來的開花大作戰』！」

「好糟的名字……」

太沒品味了吧。

而且有種昭和時代的感覺……當我冒出這個想法時，郁代阿姨用冰山美人的表情說道：

「這是我想的。」

「批評命名糟糕真的非常抱歉！」

與其說是昭和時代的感覺，竟然真的就是那個時代。而且明明被我說成那樣，為什麼還有點自豪的感覺呢……？

「我知道妳的意圖了，但是老實說為什麼是煙火？」

「哎呀～暑假時爺爺吵著『老夫要跟悠宇一起玩！』就買了一大堆啊～現在已經快要不是玩煙火的季節了，才想說趕快用掉吧。」

「原、原來如此……那麼五郎左衛門爺爺呢？」

「爺爺九點就睡了。」

「真的只有我們玩喔……」

雲雀哥……也沒有看到人。

大概是在自己房裡工作吧。那個人好像還是一樣忙得不可開交。

「那就來試試看吧。」

我將曇花盆栽放在走廊的坐墊上。這是能將整座庭園一覽無遺的特等席。

——「用煙火讓曇花美眉嗨起來的開花大作戰」！

乍看之下只是在惡搞的這個作戰……其實意外有點道理。

花是活的。確實有感情。

例如某個仙人掌的實驗就是知名案例。

根據實驗結果看來，只要對仙人掌說些「很可愛喔。」、「要健康長大喔。」之類稱讚或是積極正面的話，就能長成又大又美的形狀。反之要是一直說些壞話或負面的話，就會對栽培造成不好的影響。這就是「巴克斯特效應」。

提到仙人掌，就會讓人聯想到跟戴著墨西哥寬邊帽的樂隊一起出現的畫面吧。

我在想這實際上可能就是出自巴克斯特效應的典故。

好吧，說不定也可以用對著植物說話時所產生的空氣震動，或是二氧化碳所帶來的影響去解釋就是了。

不過對我來說，還是想認為花也有情感，受到疼愛的花才會開得比較美。我之會替用來做成飾品的花取名，澆花時對著花說話的原因也在於此。

就是這樣，透過玩煙火的開心氛圍，讓曇花開出漂亮的花朵吧。

我從日葵手中接過煙火，把前端的紙張撕掉之後靠近蠟燭。立刻迸出美麗的火花。

「喔喔~……」

感覺好懷念喔。

這麼說來，我已經有幾年沒有玩這種類型的煙火了。我家的便利商店雖然有進貨，但是不曾全家人一起玩過。

當我眺望煙火「咻——」噴出來時，日葵的肩膀靠了過來。

「借點火吧～♪」

「呃，妳可以自己點吧……」

拿她沒轍的我還是將火花朝著日葵手中的煙火前端靠近。

……然而還沒等到日葵那邊點燃，煙火就熄滅了。

「哎呀……」

「嗯……」

也是啦，這種煙火其實很快就會熄滅了。

「再一次！」

「呃，妳直接點火好嗎？」

就算我這麼說，日葵還是百般央求，並且反覆挑戰好幾次。

實際上這並不是多困難的事。我們兩人配合好時機，我的煙火順利點燃日葵的煙火。

「喔～！」

「熊熊燃燒呢。」

將手持煙火疊在一起，亮度果然不一樣。

在華麗煙火發出的淡淡光輝照耀下，日葵開心地露出滿臉笑容。

「噗嘿嘿……」

……嗯——好可愛。

開始交往之後才能看到的日葵這種真心害臊的表情實在很棒。以前還要警戒會是「噗哈～」的伏筆，但就連當時也讓人很想拍下來用ＩＧ保存。

只要我開口，她應該也會讓我拍吧，不過日葵在奇怪的地方特別容易害羞……正當我一個人想這些事時，日葵「啊！」輕呼一聲，好像發現什麼。

（糟糕，是被她察覺我的企圖了嗎？）

在我擔心會不會被她「噗哈～」之時，這才察覺是我多慮了。

日葵雙手拿著煙火用蠟燭點火，接著在有點距離的地方「咻啪啪！」擺出莫名姿勢。

「蝴蝶般飛舞，蜜蜂般刺人！」

「不要刺不要刺。」

將火朝著我也太危險了。

這傢伙馬上對放煙火的平穩時光感到厭煩了嘛。當我想著日葵果然是日葵的同時，把注意力切換到消耗煙火的主要目標。

「但是這下子我們真的只是在玩吧。」

「咦？不行嗎？」

「不是，不用再做點可以讓曇花更嗨的事嗎？」

「咦？曇花？什麼意思？」

馬上就忘記一開始的目的了……

坐在走廊旁邊的榎本同學跟郁代阿姨甚至只是在閒聊。

話說那兩個人滿要好的……這麼說來，之前好像說過榎本同學小學時經常會來玩吧。

不不不，更重要的是曇花吧。

聽到我的解釋，日葵總算回想起一開始說要嗨起來的作戰，馬上開始主導。

「那就請曇花美眉欣賞煙火嗨起來吧～～！」

日葵用雙手拿著煙火，在表演剛才那個蝴蝶飛舞（？）的同時稱讚曇花。

「曇花美眉。真是可愛呢♪」

「………」

但是什麼事都沒發生！

不，我也不認為這樣就會立刻開花啦。但是方向性應該沒錯吧。該怎麼說，有點缺乏「直擊內心」的那種感覺。

「日葵。不能再多點變化嗎？」

「突然這麼說也太強人所難了。」

「妳現在這樣就跟平常給花澆水時一樣吧？應該有更適合緊急狀況的那種……」

「咦～？只要牽扯到花，悠宇就會莫名講究耶……」

日葵這時「啊！」揚起不懷好意的惡作劇笑容。

「哎呀，畢竟是喵嗶嗶嘛～」

「夠了。真心拜託妳不要毫無前兆就用黑歷史殺過來。」

那是去東京旅行時，我跟榎本同學玩得太過火的遊戲。而且直到現在我還會被笹木老師用「喵太郎」稱呼……妳看，就連郁代阿姨也一副「什麼什麼？」想湊過來的樣子。

日葵「嗯——」沉思了一下。

接著彷彿靈光一閃對我耳語。

「咦咦……呃，感覺確實很有精神啦……」

「少囉嗦，試試看吧～！」

我們兩人雙手拿著煙火，用蠟燭點火。

當煙火「噗咻——」冒出來時，我們拿著煙火做出像是啦啦隊的動作上下揮舞。這個是今晚準備的煙火當中，應該可以燒最久的種類。要趁煙火熄滅之前開始動作。

我跟日葵交互對著曇花吆喝：

「曇花美眉，葉子剪得很有型喔！」

「潛在能力最強！只要開花就比煙火還美！」

「基礎就是不一樣啊，基礎！」

「花苞相當結實喔！大到都看不到其他地方了！」

這時煙火「噗咻……」熄滅了。

……總覺得不太對。

看著我們的挑戰，頓時說不出話來的榎本同學輕聲吐槽：

「感覺像是健身教練的吆喝……」

沒錯。

真不愧是喜歡職業摔角的榎本同學，精準表現出我所感受到的不對勁。但是聽她這麼說，日葵賭氣似的鼓起臉頰找麻煩。

「討厭！既然如此，榎榎自己來做啊！」

「小葵，妳知道自己的發言很沒道理嗎……？」

「榎本同學，拜託妳了！」

「連小悠都這樣講……」

在我們很有默契的聯手演出（？）下，榎本同學「唔～……」一臉困惑地接過煙火。

雖然有點猶豫，她還是將煙火點燃了。既然如此，就得在「噗咻！」冒出火花的這段期間鼓勵曇花才行（現場就是這種氣氛）。

我們沉默的視線全都集中在她身上……榎本同學忸忸怩怩紅著臉頰，用有如蚊子一般的聲音說道：

「曇、曇花美眉。真可愛呢……」

「「…………」」

咕啊……！

我跟日葵差點同時咳血。

就是這個啊，就是這個！我們不足的地方就是這個。美少女的「害羞表情」。我不知為何感動到忍不住獻上掌聲。

「日葵。妳也是美少女，就不能再努力一下嗎？」

「少、少囉嗦～還不都是悠宇硬要我做些變化的。」

日葵發紅的臉轉向另外一邊。

喔～雖然不是我期待的那種感覺，但是以結論來說她也害羞了。這樣也不錯。

我們玩了一小時左右，用掉很多煙火。最後玩到仙女棒時真的很慘。日葵竟然全部抓起來一

起點火……榎本同學好像很期待這個，所以又折騰了一會兒。

學不乖的日葵最後提議：

「好～那麼最後拍個紀念照吧～！」

「日葵真的很有精神耶。」

「嗯呵呵～好女人就是適合夜晚呀～」

「是是是。所以說要紀念什麼？曇花又沒有開……」

隨口敷衍日葵的蠢話，提出問題之後，她鼓起臉頰說道：

「不是啊。難得我們『you』的成員攜手迎戰校慶，應該要留下紀錄才行吧。」

「啊～是這個意思啊……」

現在才提起這種事有點太遲了，害我一時之間沒有想到。

但是這次確實不只有我跟日葵，榎本同學也一起參與。

「要拍哪種照片？妳們都不是制服沒關係嗎？」

「穿什麼衣服都沒差～而且浴衣感覺不是比較性感嗎？」

「要是同意妳的說法，感覺很多事都沒救了……榎本同學覺得如何？」

榎本同學嘆了一口氣之後說道：

「反正小葵只要一旦決定，就完全說不聽……」

我百分之百同意。

然後。

日葵表示機會難得，就用剩下的煙火來拍照好了。具體來說，就是用煙火在空中寫下光軌文字的那種照片。真不愧是世界級的外向代表，就連拍張紀念照都會冒出這麼時尚的點子，真的是服了她。

「要寫什麼字？『努力不賠錢』還是『飾品』之類？」

「那還用想，畢竟是我們耶♪」

「嗯？……喔喔，原來如此。」

我們請郁代阿姨幫忙拍照，三個人並肩站在庭園裡。

我的右邊是日葵，左邊是榎本同學。然後三個人一起點燃煙火，連忙喊著「預備～～！」面向手機在空中寫字。

煙火熄滅之後，日葵朝著郁代阿姨跑去。

「媽媽，拍得怎麼樣？」

「日葵。字寫反嘍。」

「咦，真的假的！」

喂，提議的人振作一點。

我跟榎本同學不禁嘆氣，然後再次挑戰。

這次是我的字寫歪，接著是榎本同學沒有抓準時機，在經歷過幾次失敗之後，總算拍出一張日葵也可以接受的紀念照。

「煙火只剩下兩支了。」

「勉強過關呢～」

「要不是小葵一開始寫錯，也不會用掉這麼多吧……」

說聲：「好啦好啦！」請阿姨把照片傳到我們各自的手機。

我們寫下的文字——正是「y」、「o」、「u」。

除此之外，沒有更能彰顯我們決心的文字了。

雖然讓曇花開花的挑戰以失敗告終，但是我們度過一段充實的時光。

♣ ♣ ♣

（最近好久沒有三個人一起玩得這麼開心了……）

收拾煙火之後，我借用浴室洗澡。

曇花開花前，通常會在傍晚到晚上九點左右出現徵兆。得出今晚開花的可能性很低的結論之後，我決定好好休息一下。畢竟明天還有製作其他花卉飾品的工作等著我處理。

洗完澡之後神清氣爽的我，打開借來當成寢室的和室拉門。

只見兩組頂級的紅色日式寢具緊密並排。

「…………」

犬塚家就是這一點不好。

甚至仔細地撒上乾燥花瓣。愉悅的心情頓時消失無蹤，於是我靜靜把門關上……要不是在東京經歷過雙人床事件，我差點就要大叫出聲了。

大概是五郎左衛門爺爺或是郁代阿姨的惡作劇吧。幸好日葵還沒出現，趁著還沒被那傢伙像是豬籠草捕食之前趕快逃吧。

正當我想著今晚大概要熬夜製作飾品，打算走向客房的時候——

「悠宇，你為什麼要逃呢？」

「噫……！」

突然被人從背後抓住肩膀。

回頭一看，果不其然是陽光型男雲雀哥就站在那裡。在這片黑暗之中，潔白牙齒閃耀光芒。

所以說光源……

「好了，悠宇。你今天應該累了吧？早點休息吧。當然了，要在這間做好萬全準備的寢室休息喔！」

「雲、雲雀哥。我很感謝你的心意，但是榎本同學也在同一個屋簷下，這種玩笑還是……」

「哈哈哈。你在說什麼啊？無論有誰在場，都不會對兩人的愛造成阻礙！」

這個哥哥到底在說什麼鬼話！

玩笑未免開得太過火了……噫！不知為何他伸手托起我的下巴，讓我在極近距離籠罩在帥哥笑容光線之中！死定了，身體的行動自由遭到剝奪！他真的是人類嗎……不過事到如今還有這種疑問也太遲了！

「我是認真的喔。來吧，悠宇。進來……」

「雲、雲雀哥……」

中了雲雀哥的妖術（？），我的身體搖搖晃晃走進和室之中。

糟糕。再這樣下去我真的要在五郎左衛門爺爺他們的眾目睽睽之下，跟日葵共度春宵。這個玩法也太……嗯嗯？

不知為何，枕邊放著感覺很貴的蘇格蘭威士忌酒瓶跟葡萄汁，以及雲雀哥觀看動畫時使用的iPad……這很明顯不是為了我跟日葵所準備的吧。

雲雀哥露出爽朗的笑容，用公主抱的方式把我抱起來。

「今晚可是不讓你睡喔♪」

「啊，是這個意思嗎？所以這是準備讓我跟雲雀哥一起過夜的吧！」

害我產生有點害羞的誤會……不，應該說在這個狀況下，能夠正確引導出要跟雲雀哥幽會的結論才有問題吧！

我發出「啊啊～……」的哀號，就這麼被拖進被窩裡。

難怪雲雀哥剛才沒有過來跟我們一起玩煙火。他大概就是為了這個，所以用驚人的速度將帶回家的工作處理完畢吧。

剛才是誰要我早點休息的……我一邊如此心想，一邊敖夜看完雲雀哥大力推薦的《Lycoris Recoil 莉可麗絲》。

◇ ◇ ◇

……咦？

感覺好像聽見悠宇的哀號……

「小葵。趕快睡吧。」

「啊，嗯。」

到了剛換日的時間，我跟榎榎在並排的被窩裡準備睡覺。

好久沒在這邊的客房睡覺了～我滿心雀躍地進入棉被，對著在身旁被窩裡的榎榎搭話：

「榎榎♪感覺好像畢業旅行……」

「晚安。」

榎榎徹底無視我，直接將棉被蓋到頭上。

我不斷搖晃她的肩膀。

「等等——！多聊一下嘛～！」

「小葵好吵。我們只是為了監視曇花才會住下來吧。」

「今晚媽媽會幫忙顧，沒關係啦～」

「明天一早要去新木老師那邊不是嗎？」

「第一晚才是關鍵啊～來聊些女生話題嘛～！」

「嗯嗯。我懂、我懂。晚餐的麻婆豆腐很好吃呢。那去關燈吧。」

「榎榎～！」

媽媽用自製豆瓣醬配上麻麻的山椒煮出來的拿手好菜怎樣都好啦～～！

「真是的～那我只把電燈關掉喔。」

姑且依照她所說的關上電燈。

接著點亮枕邊的和室行燈當成小夜燈。真是的，榎榎好冷淡～但是我懂喔～像這樣關燈之後才會正式開啟女生話題……

「ZZZZ……」

「好快！榎榎也太快睡著了！」

我再次搖晃她的肩膀。

「榎榎～這種時候就是要一邊說些『妳睡著了嗎？』、『還沒喔～♡』然後慢慢睡著才好玩啊！」

「……小葵真的很煩。」

於是我跟半睡半醒的榎榎開始玩起「妳睡著了嗎？」、「還沒喔～♡」的遊戲。

「榎榎♪妳睡著了嗎？」

「睡著了。」

「遊戲結束！」

「睡著了。」

啊，看來這是沒有要玩的意思吧？

「討厭啦～那我可要……擠進妳的被窩嘍。」

「小葵未免太死纏爛打了吧……？」

嗯呵呵～說得再狠毒我都不會放在心上，看我鑽進榎榎的被窩裡～！

平時這個時間我還沒睡嘛～精神超好根本睡不著啊。

（唔啊～榎榎好溫暖～！）

有種「跟女生睡在一起」的強烈感覺。全身都很柔軟，而且味道超好聞的。就連我這個女生都快暈頭轉向……等等？悠宇在東京時，就是處於這種陪睡狀態吧？竟然有辦法忍耐嗎？那個男人真不得了。

然而我不會忍耐就是了！

「喔喔……！」

「※」

好痛痛痛痛……！

若無其事碰了一下胸部真的很對不起！我沒有為了「榎榎會穿晚安內衣啊……」而感到遺憾所以饒了我吧！我的手指，被狠狠握住的手指快斷了……！

然後就這麼被趕出榎榎的被窩。

我雖然碎碎唸不停抱怨，但也準備好要睡了，這時半睡半醒的榎榎含糊不清地說道：

「小葵。妳說過要『好好完成』吧？」

「……嗯。」

沒錯。

我要好好完成。

好好戀愛，也要好好支持我們的夢想。

為此……

「榎榎。今晚就好，當我的抱枕吧……」

「去死。」

竟然叫我去死。

今晚的我也因為心靈之友過度傲嬌而傷透腦筋呢☆

Ⅱ Turning Point.「弛」

◇ ◇ ◇

曇花開了。

就在來我們家進行特別集訓的第四天。

那一天從學校回來之後，悠宇忙著進行各項準備。

仔細一看就能發現曇花花苞不僅膨脹，還一點一點地裂開。

純白的花被從花苞綻開的縫隙間探頭。

（哇啊～感覺好像雛鳥羽化……）

我至今跟悠宇一起照料過各式各樣的花。

不過這還是第一次看到曇花綻放的樣子，我也顯得十分激動。螺旋狀慢慢擴散的花瓣，看起來就像芭蕾舞者的美麗舞姿。

而且還不只一朵。

這株曇花上的花苞彷彿終於醒來一般，開始綻放。

曇花飄散十分濃郁的花香，美麗的程度令人如癡如醉。

「悠宇，真的好美喔！」

「對啊。沒想到會像這樣一口氣全部綻放。」

感覺也很開心的悠宇陶醉地注視曇花。

啊，對了。

很少有這種機會，得多拍幾張照片才行。況且明年不見得會開花。

（嗯呵呵～我多少也有幫上忙吧～？）

每一張都是拍得很棒呢～

順便上傳「you」的ＩＧ，寫下「珍貴的曇花開了！下次的販售會要用這個做成可愛的飾品喔～！」然後更新……好了。

嗯呵呵～愈來愈多人按讚嘍～♪

當我像這樣沉浸其中時，悠宇開始準備手電筒。還有手邊的桌燈之類。

「日葵。我要把房間的燈關掉，妳要小心一點。」

「咦，為什麼？」

「因為曇花是夜晚綻放的花。我想應該不用太在意……光源也許還是少一點比較好。」

啊，原來如此～

真不愧是悠宇。打從細節就這麼講究，這大概就是做出美麗飾品的祕訣吧～

我在點頭的同時……發現一件重要的事。

「對了！曇花開了就要進行採收工作，在開始忙碌之前得先去洗澡才行！」

「啊，對耶。嗯——但是……」

悠宇不太願意。

說得也是。對悠宇來說，應該連一個瞬間都不想錯過吧。

「不然悠宇明天早上再洗吧。我去跟媽媽說一聲。」

「謝謝。可以的話我也比較開心。」

嗯呵呵～

我超機靈的～～真不愧是好夥伴兼最愛的戀人！

順便也請媽媽幫悠宇準備宵夜吧～反正按照悠宇的個性，想必連過去廚房的時間都很捨不得吧。

等榎榎結束管樂社的練習回來之後，我們兩個負責吃光媽媽準備的晚餐。

（我做得很好。哥哥說的話根本一點也不準。）

既然如此，我在榎榎過來之前先去洗澡好了。

泡在寬敞的浴缸裡，我發出「噗嘿～」的聲音並伸展身體。

一看到白色的蒸氣，就回想起剛才綻放的曇花。

（真的超美的～不愧是有如美麗代名詞的花～）

這麼說來……

曇花雖美，卻也以十分隨心所欲聞名。

實際上那株曇花在新木老師那邊似乎不曾開花。

然而被悠宇帶走之後，沒過多久就開花了。

簡直就像是一直等待悠宇這個命中注定之人，森林裡的睡美人。

……開玩笑的。

這麼詩意的自己實在太難為情，忍不住把頭縮進熱水裡，「噗呀啊啊啊！」扭來扭去。

接著神清氣爽離開浴室。

今晚應該會熬夜，得做好完善的肌膚保養才行。

（好啦～不知道榎榎來了嗎～可以叫她先去洗澡……）

我心情愉悅地哼著歌，回到擺放曇花的房間。

就在準備拉開紙門時——忽然停下動作。

門只開了一點縫隙。

桌燈的朦朧燈光透了出來。

可以聽見講話的聲音。

是悠宇與榎榎。

榎榎身穿制服，注視曇花綻放的模樣。

一臉認真，全神貫注。

她的眼神散發非常耀眼的光輝。

兩人講了幾句話之後，悠宇說了。

「————」

對此，榎榎則是……

遲疑了一下之後……微微點頭。

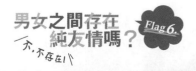

眼前兩人的模樣，不禁讓我覺得像是某種難以破壞的神聖之物。

討厭的害蟲又從我的腦中探出頭來。

別擔心，沒事的。

這次肯定沒問題。

因為我「做得很好」。

III

「動搖的心」

時間來到十一月。

第一週的六日就是校慶。

這兩天學校也會開放給一般人士入內，一起享受這場校慶。

曇花總算開花，其他飾品也完成了。

我們「you」的飾品販售會將在平常使用的科學教室對面的空教室（名稱是多用途教室）舉辦。由於備有洗手台等設備的教室將開放給販售食物的團體使用，我們也被趕了出來。

早上七點。

我們布置好販售會場，服裝也都準備妥當。我穿著日葵指定的燕尾服，以挺幹練的感覺站在走廊上。

這時有幾個看似高年級女生經過走廊。看到我身上的服裝，紛紛毫不客氣說著「哇啊！」、

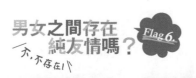

「好起勁喔～」、「好像在角色扮演～」之類的評論。我大概也是沉浸於校慶的氣氛裡，相當直接地接受這些話。

「…………」

好、好難為情……

不，我得忍耐。這次販售會的主題是「ＣＨＩＣ」。所以選擇這種服裝也是情有可原……

咦？情有可原？

我拿出手機查了一下辭典，ＣＨＩＣ有著脫俗的意思。形容既優雅又洗鍊的感覺。嗯——好吧，真要說來確實如此。

我不太懂時尚，所以這是交給日葵全權處理的結果。她說是請雲雀哥平常購買西裝的店家準備的，我想應該不會有錯。

如今女生們正在換衣服，因此販售會場呈現關閉狀態。門前擺著簡樸的小黑板當看板。

「飾品專賣店『you』快閃店」

……真的擁有自己的店面時，也是這種感覺嗎？

當我湧上難以言喻的心情時，會場裡面傳來日葵的呼喊。

「悠宇～可以進來嘍～」

開門進去，只見日葵跟榎本同學都已做好準備。

「……喔喔！」

我忍不住出聲讚嘆。

眼前是兩名身穿哥德式洋裝的美少女。

日葵穿著有許多華美刺繡的黑色洋裝。搭配上她的外表與髮色，看起來真的像個洋娃娃。

榎本同學則是穿著紅色的簡單款式。將一頭豔麗的長髮燙捲，給人比日葵更加成熟的印象。彷彿就像是貴族千金。

日葵踩著小跳步靠過來，在我眼前轉圈。

「悠宇，怎麼樣？」

「我覺得非常適合您。」

坦率說出感想後，日葵「噗嘿嘿～」笑了。

試穿時也有看過，但是美少女真的穿什麼都好看。當我沉浸在感慨之中時，榎本同學的手突然伸了過來。

「小悠。你的領帶歪了。」

「啊，不好意思……」

我的回應不禁變得客氣許多。

哎呀，榎本同學的美少女氣場也很不得了。在她幫我整理領帶時，我也只能緊張地直直站在原地不動，等她弄好。

呃，我的呼吸有沒有味道啊？沒問題吧？在我拚命閉氣的同時，脖子很快得到解放。

「好，綁好了。」

「謝、謝謝妳……」

榎本同學對我微微一笑。

唔喔喔……這是怎樣，感覺莫名害臊。

（榎本同學。自從曇花開了之後，感覺整個人變得柔和許多……）

之前明明只要碰到她就是鐵爪功伺候。

我做了什麼嗎？然而既然心情變好，也算是好事一樁。如此一來我也不用再籠罩於鐵爪功的恐懼之下……嗯嗯？

那個，日葵同學？

一直盯著我是怎麼回事？還不都是因為妳替我準備這身不習慣的服裝……

我「咳嗯！」清了一下喉嚨。

「日葵。都準備好了嗎？」

「沒問題！商品陳列就等班會過後再來處理吧。」

現在要先回教室參加班會。結束之後校慶才算正式開始。

（到此為止都很順利……）

販售會場布置也一如日葵的設計。

會場的氛圍很符合這次的主題「ＣＨＩＣ」。

東西不多，擺設簡潔。

將三張長桌排成川字型，並在上頭陳列新作飾品。

數量也盡可能不要擺太多，營造成熟的空間感。

裝飾在講台上的粉紅色火鶴花看起來也很不錯。

（……然而……）

突然有種莫名的不自然感。

這是為什麼呢？

總覺得少了點什麼……但是無法明確說出究竟少了什麼。

就在我為了難以言喻的感覺而煩惱時，榎本同學一臉擔憂地看著我。

「小悠。你怎麼了？」

「啊，不……」

大概只是我的錯覺吧。

我只是因為第一次舉辦自己的販售會而感到緊張罷了。

日葵沒有察覺我的反應，繼續說下去：

「那麼，就來複習一下今天的販售會重點吧～」

「好喔～」

根據日葵的說明，大概就像這樣。

・這次採取一對一的販售模式。
・客人進來之後，總之先一個人招待一杯飲料。
・在客人喝飲料時一邊推薦商品，目標是讓一組客人買走一個。
・這次的飾品販售目標是兩百個。

這是參考天馬的個展之後決定的服務模式。

儘管事前有過說明，一旦到了實踐階段，我的內心便湧現強烈的不安。

「我有辦法服務客人嗎……？」

「啊哈哈。沒問題的啦。就是為此才打扮得這麼時尚啊～」

「不會只因為穿上燕尾服，個性就跟著改變吧……」

「但是悠宇，你有在個展販賣飾品吧？只要運用那個訣竅，肯定輕而易舉的♪」

「那個時候只不過是運氣好……」

不，現在怎麼能說這種喪氣話。

我已經決定要以更進一步為目標。就算有日葵陪我一起努力，也不能連這點程度都做不到。

「榎本同學，我們這邊跟妳的其他活動要怎麼安排呢？」

「早上必須去管樂社幫忙……班會結束之後會先過來看看狀況。」

結果到了販售會當天，也像這樣請她過來幫忙。說真的，確實很令人感激，但是也覺得對她過意不去。

當我如此心想時，日葵很有精神地提議：

「悠宇，我們來互相打氣吧～！」

「咦咦……用這個打扮嗎？」

「跟打扮沒關係啦～重點是要轉換心情，拿出氣勢來吧～」

好吧，既然日葵都這麼說……

我們三個人把手伸到中間疊在一起。

「校慶要達到銷售盈餘！」

「耶——！」

「喔——！」

我們的校慶就是像這樣揭開序幕。

……然而三十分鐘後就遇到了麻煩事。

♣ ♣ ♣

回到教室開的班會，簡直有如時裝秀一樣。

原本以為我們的服裝會顯得格外奇特，沒想到其實也還好。

一大早要到體育館參加發表會的學生都換好登台服裝，準備參加其他活動的學生也開心地做了各自的打扮……不過明顯不同於我們的維多利亞時代風格就是了。

我們學校的校慶每年都是這種感覺。在老家這一帶，可說是以「會舉辦像是漫畫一般有趣的校慶」而聞名。

班會結束的鐘聲響起，班導師也為會前講話進行收尾。

「那麼，各位同學請注意不要玩得太過火。尤其是夏目。」

為什麼啊。

老師，我可不是用來博君一笑的要素喔……雖然回想起最近發生的各種事情，我也無法完全

否定就是了。

同學們一邊竊笑，一邊朝著各自的方向散開。

我跟日葵也走向販售會場。

捂著隱隱作痛的肚子，我忍不住「唔——」沉吟。

「呼～好緊張喔。」

「噗哈哈。悠宇，這樣就感到緊張的話，未來可是會很辛苦的喔～♪」

話雖如此，妳自己還不是在喝Yoghurppe。不要一個人在那邊穩定情緒啊。

我們來到販售會場附近。

無論如何，在這為期兩天的時間，這裡就是我們「you」的店面。

（絕對要達到銷售盈餘。）

然後將這個經驗，化為成長的糧食。

……當我如此心想並來到販售會場時，只見門上多了一個沒見過的東西。

販售會場的門上掛著時尚的花環。

就是聖誕節之類的時候，會掛在房間裝飾的那種花圈。上頭鋪滿淡粉紅色、白色、黃色等各種小花，一看就知道做工非常精緻。

看著這個，日葵偏頭問道：

「悠宇，這是你掛的嗎？」

「不是……」

難道是榎本同學嗎？

不對，榎本同學應該過去管樂社了。

當我靠近一看，更是驚訝不已。

（……這是布製飾品啊。）

布製飾品。

不同於在東京的個展看到的早苗美湖小姐的皮革飾品，是指用薄布製作的飾品。

最大的魅力在於千變萬化的表現力。

輕薄布匹的處理方式沒有什麼限制。可以一層一層重疊，可以拉長，可以輕柔地揉成一團，也可以塞進絲絨，並用針線縫起……無限的手法可以創造各式各樣的可能性。根據創作者的能力，無論任何東西都能透過布製飾品加以製作。

（但是這種感覺……應該不是市面販售，而是親手做的吧。）

這個想法並非基於什麼邏輯。

可以說是訂製品特有的獨特感受吧。

不會讓人覺得冷漠。感覺相當溫暖。可以感受到創作者的個性。

「悠宇？」

「啊，抱歉……」

不行。

我的注意力被突如其來的邂逅奪走。總而言之，我身邊應該沒有人做得出這種飾品。

會不會是學校裡的其他學生……嗯嗯？

「日葵？販售會場裡好像有人耶？」

「啊，好像有聽到什麼聲響。」

連忙打開門……眼前的光景讓我們啞口無言。

販售會場變成一座「迷宮」。

一進到教室裡，就能看到左右兩側高高掛起的一大塊布。畫著鮮豔綠色漸層的布，創造出一條從正面延伸過去的通路。

這是隔間。讓人看不到室內兩旁，或是舉辦活動時做出通道的隔間。

「悠、悠宇？這是什麼？」

「我也不知道……」

長桌沿著隔間通路排列擺放。桌上堆著我們準備的大量低價飾品。

還用可愛的ＰＯＰ小卡標出「￥500 only」。

沿著通道走到底轉過直角的彎。就這樣走了兩次——兩旁的布到此中斷，頓時豁然開朗的眼前是一張結帳用的桌子。

販售會場的窗戶也裝飾著跟掛在大門一樣的布製花環。

擺在講台上的火鶴花花盆也用布漂亮裝飾。

（這、這究竟……？）

跟日葵構思的販售會場設計截然不同。

我一度在想是否走錯教室……不，這不可能。

這裡位於我們平常使用的科學教室對面。就算因為校慶多少有些裝飾，也不至於走錯。

更重要的是，這裡陳列著我製作的低價飾品。

當我們茫然呆站原地時，突然響起一道陌生的聲音。

「歡迎蒞臨！花卉飾品迷宮！」

接著有一道龐大身影從隔間的死角衝出來！

「哇啊！」

眼前突然出現一個身穿神祕布偶裝的傢伙。

「「……唔！！！」」

我們嚇了一跳，頓時說不出話來。

……咦，這是怎麼樣？

布偶裝……好像是大象的吉祥物布偶裝。而且戴著王冠。

那個人（？）似乎對我們的反應感到不滿，手忙腳亂地把布偶裝的頭部拿下來。

一名面露愉快笑容的女生就此現身。

「大家好！我是城山芽依！」

她很有精神地做出敬禮動作並向我們自我介紹。

對此，我們的反應是——

「「？？？」」

我跟日葵面面相覷，完全愣在原地。

然而那名女生沒有放在心上，反而雙眼閃閃發亮地伸手觸碰日葵的洋裝。

「哇啊～！這件洋裝是校慶的服裝嗎？超可愛的！」

「謝、謝謝……？」

日葵在道謝的同時，也朝我看了過來。

『咦，她是誰啊？』

『不是妳的朋友嗎？』

『我、我應該不認識她耶。』

『我也不認識……啊，還是榎本同學的朋友？』

『不不不，如果是榎榎的朋友，她應該會直說吧。』

……太厲害了。明明只是眼神交流，但是完全可以溝通。

看到我們的反應，那個女生總算反應過來。

「咦？」

然後指著自己，偏著頭表示懷疑。

「你們沒有聽說過我嗎？」

「……應該沒聽說，對吧？」

我看了日葵一眼，她也點頭同意。

於是那名女生雙手抱頭仰天大喊：

「登愣——！」

……她是直接喊出「登愣」吧？

不在乎我們這麼冷靜的態度，那名女生獨自激動不已。

「這、這是何等命運的捉弄啊！不，還是試煉？這算是試煉嗎！」

「呃，我也不知道算不算試煉……」

這種事只能問神吧。

不不不，感覺好像快要被她的氣勢壓過，這也太莫名其妙了。

這時，那名女生若無其事地說道：

「這不是學長姊們的錯。」

「是、是喔……」

那麼究竟是什麼狀況？

這個完全變成另一個空間的販售會場。

還有眼前身穿神祕布偶裝的女生又是誰？

「那個，城山同學？妳究竟……」

「我嗎？」

我點點頭，她便以右手做出敬禮的手勢。

「我是城山芽依！」

「妳剛才說過了……」

結果名叫城山的女生說聲：「啊，糟糕。」吐出舌頭笑了。

接著做出非常不得了的發言。

「我是『you』大人的頭號弟子！」

這一句話讓我們兩人都僵在原地。

總覺得各種資訊宛如洪水宣洩無法控制，不過我最先察覺的是這件事。

那名女生「不是對著我，而是看著日葵」這麼說。

♣ ♣ ♣

區域交流計畫。

簡單來說就是開放讓國中生體驗入學的新生訓練。

我們學校一年會舉辦兩次體驗入學的活動。一次是在夏天的課程說明會，另一次就是在秋天的「區域交流計畫」。

主旨在於讓國中生一同參加班級或社團在校慶舉辦的活動，藉此讓他們更加近距離感受我們的校風。

然而不同於課程說明會，很少有國中生會利用校慶進行體驗。說真的，連我都忘記有這麼一回事了。

不，乍看之下好像非常有趣。畢竟我們是私立學校，因此校慶滿自由的。不只是戲劇、擺攤、占卜，就連選美大賽都有。以現在這個時代來說，玩得這麼澈底的校慶應該滿少見的。

即使如此，「區域交流計畫」還是不受歡迎。

原因很簡單。

既然校慶有開放讓一般人士參加，就沒必要特地以工作人員的身分忙碌了。想也知道以客人身分參加比較好玩。

說穿了，這個機制本身就有漏洞。

即使如此，如果要特地取消以前那些高層決定的事，就需要相當的理由及接受變革的包容。

在這個教育人員工作過多的時代，沒有哪個老師精力充沛到去改變一件放著不管也不會引發問題的事……這是我們的笹木老師最真實的聲音。

然而今年不知為何，似乎出現一名好事的國中生，想要利用這個徒具形式的計畫。而且更好事的是對方好像指名參與這個園藝社的活動。

教職員室。

理所當然似的兼任校慶執行委員的笹木老師，在連日忙碌工作的摧殘之下，頂著有點疲憊的臉低著頭。

「抱歉。是我在傳達方面有所疏失……」

「沒、沒關係。老師應該也很忙……」

見到他一臉憔悴地道歉，我就算想責備也說不出口。

「笹木老師。我們現在該怎麼辦才好？」

「啊～對耶。一般來說，應該由我向你們說明過後，再一起討論折衷方案……」

他的臉色變得更加憔悴。

「但是我不想再增加工作量了……」

「也、也是呢。」

聽到脫口而出的真心話，讓我覺得他確實滿可憐的。

笹木老師把我當成大人對待。大概也是因為信任我的關係，才會像這樣直話直說吧。

「老實說，你們覺得呢？」

「覺得什麼？」

「多了一名國中生，會給你們帶來困擾嗎？」

「喔喔……」

我看了日葵一眼，她也點點頭。

「笹木老師。我們不用把她當成客人對待吧？」

「沒錯。在申請參加這項計畫時，已經事先取得以工作人員身分工作的同意。」

「那我覺得沒問題喔。我們人這麼少，多一名臨時的工作人員也不錯吧？只是……」

她接著朝我看過來。

看樣子是在擔心我能不能與第一次見面的女生好好相處。

「……是啊。雖然我不太擅長與第一次見面的人相處，不過也會努力適應。既然特地過來幫忙了，把她趕走也會讓我於心不忍。」

既然特地從校外來參加了。而且這也可以當成將來僱用打工人員時的練習。

「笹木老師。我們會想辦法處理。」

聽到我們這麼說，笹木老師抓住我的肩膀用力點頭。

「抱歉！我不會忘記這個恩情的！」

「不會，這次的販售會也是多虧有老師的協助……」

笹木老師給我跟日葵一人一支加倍佳……那個人最近被學生稱為「發糖果的大叔」呢。

總之確認完畢之後，我跟日葵一起返回販售會場。

我在途中喃喃說出最直率的感想。
「雖然知道原委，但是為什麼要挑我們社團……？」
「應該是因為喜歡『you』的飾品吧？」
「不不不。再怎麼喜歡，會想來校慶幫忙嗎？」
「但是偶爾會收到購買飾品的客人寄來答謝的信件或電子郵件吧。」
「話是沒錯……」
我覺得那也挺耗費力氣的。
不過還是覺得她的熱情與那種回饋有著懸殊的差異。
「這下子真的該怎麼辦啊？」
「啊～而且不知為何，她以為我是『you』呢～」
這也是個問題。
「you」本來就沒有明言是男性，因此我覺得這方面有點曖昧不清。

我拿出手機，再次確認ＩＧ帳號。

這方面基本上都是交由日葵經營——

與花溝通，並為了將其美麗化為永恆而行動的創作者。

也是美貌的煉金術師@理解「愛情」，正在摸索嶄新的自我與表現♡』

『為「you」獻上美好的魔法——

痛痛痛痛痛痛痛痛痛。

眼前開了整片花海……不，不是飾品，而是在腦中。

「妳在幹什麼啊？」

「咦？這樣很帥氣吧。」

「才怪！」

這個世上到底有幾個男生可以做出這種閃亮亮的自我介紹啊。什麼美貌的煉金術師，我看其實是在搞笑吧。

（這麼說來，「you」是走來歷不明的創作者這個路線……）

這樣的文筆，再加上ＩＧ上的照片百分之九十九都是日葵。

雖然也有拍到我……感覺完全只是負責拍攝的工作人員。也就是說這麼一來確實會有人誤把日葵當作是「you」啊。

「這就算了，為什麼說是弟子？聽她的語氣，感覺就像跟日葵做了這類約定……」

「哎呀～這點我真的沒有印象耶～」

日葵偏頭表示不解。

「總之，也只能再跟那名女生談談了吧？」

我們回到販售會場。

城山跟剛才一樣穿著布偶裝，坐在鐵椅子上。

她一看到我們……應該說是一看到日葵，就開心地跑過來。

「『you』大人。歡迎回來！」

「那、那個啊。我們有向老師確認過妳的狀況……」

「咦～！太見外了！請叫我芽依！」

「……芽、芽依？」

聽到她這麼稱呼，城山的臉瞬間亮了起來。

「是！」

「…………」

日葵啊，我懂喔。

我也能感覺得到。這個孩子確實散發出一股強烈的「啊，這應該是無法溝通的類型吧？」那種氣場嘛。

日葵雖然很擅長與一般人交際，但是不擅長應付這種天然呆的類型。

還是拜託妳加油。這裡就靠妳的溝通能力了！

「啊，芽依。就是啊……」

大致上說明了一下我們剛才與笹木老師討論的事。

雖然在消息傳遞上有些失誤，但是這次還是請她參加我們的販售會……跟她說完重點之後，城山以心滿意足的樣子做出敬禮姿勢。

「我會盡全力好好努力的！」

「謝、謝謝喔。啊哈哈……」

……總之，談到這裡還算順利。

我跟日葵面面相覷，對著彼此點了點頭。

拐彎抹角也不好。這時應該由我開口。

「我是夏目悠宇。她是犬塚日葵。我們還有另一個夥伴，但是現在去參加社團活動，晚點再向妳介紹。然後……」

明確告訴她：

「妳好像誤會了，『you』並非日葵，而是我。」

一片寂靜。

可以聽見在遠方體育館舉辦的活動傳來的樂聲。一般客人差不多要來學校了，外頭熱鬧的聲音逐漸增加。

我們緊張地嚥下口水。

這時城山——露出極為純真的笑容說道：

「啊哈哈！怎麼可能啊！」

大受打擊。

被她如此直截了當否定，我們也說不出第二句話。咦，我們應該沒有搞錯吧？「you」是我對吧？她否認得這麼爽快，害我都覺得有點不安了。

城山飄飄然地繼續說道：

「因為我可是知道的。日葵學姊正是『you』大人！」

「妳、妳知道？」

「是的！我也有證據！」

「證據……？」

不但對我們這麼主張，竟然還握有證據……？

這時城山指向自己的頭。不，正確來說是指著用來綁雙馬尾的飾品。

那是個布製飾品，做成粉紅色花朵的樣子。

「我試著自己重現了『you』大人給我的第一個飾品。原本的飾品已經壞掉了，不過我還是很珍惜。」

「這、這樣啊……？」

她讓我看了一下飾品。

（……這是香豌豆花嗎？）

香豌豆。

春天開花，外型很像蝴蝶飛舞的模樣，是種惹人憐愛的花。

衍伸的花語是「啟程」。

是種拋開過往的自己，與嶄新的自我相遇的花。

這個飾品做得非常精緻。布製飾品最需要的就是「立體觀察事物的能力」，但是能將多邊形重現到這種程度真的很厲害。無論從哪個角度看，都是香豌豆花。

就連在日常生活中時常接觸花卉的我，要不是像這樣拿在手上看，甚至都難以相信這是布製飾品。

（……嗯嗯？總覺得好像做過跟這個布製飾品很像的作品耶？）

而且是很久以前的事。

對了，就是那個。跟日葵相遇的國中校慶。我記得當時確實有做過這種感覺的髮夾。

我再次向她確認。

「妳是在哪裡收到那個飾品的？」

「呃——是三年前的國中校慶啊。」

三年前……時間也與我的記憶一致。

難不成是在第二天一片混亂時買的嗎？

不對，那也很奇怪吧。我跟日葵是在那場校慶過後才成為摯友的。既然如此為什麼會產生這種誤會呢？

正當我偏頭感到費解時，日葵輕呼一聲：

「啊！」

……日葵同學？

等一下。這個「啊！」是什麼意思？難不成事到如今又發現新的真相嗎？

我把日葵帶到走廊上。

「咦，怎麼回事？難道妳真的有印象？」

「噗哈哈～我想起來了。那個時候好像有賣飾品給小學女生。」

「咦？什麼時候啊？有那種時機嗎？」

「就是第一天快結束的時候啊。悠宇不是離開攤位到外面兜售嗎？」

「…………」

啊！

有。確實有這段時間。

當我辛苦地在外面兜售飾品時，日葵幫我顧店。我記得那個時候好像有賣掉幾個飾品。

「當時新木老師插花教室的學生過來看悠宇的狀況。那個姊姊帶著還在念國小的妹妹過來～嗯嗯，這麼說來外表確實有點像。」

「原來是這樣……但是為什麼會產生那個誤會啊……？」

「嗯～這點我也不太清楚，不過對她來說畢竟是小學時的記憶，說不定有對自己的臆測深信不疑的地方吧？」

「這麼說也有可能啦……」

日葵說聲：「啊～暢快多了～」一副解開謎題心滿意足的樣子。

我也總算有種終於將卡在喉嚨的東西嚥下去的感覺……但是事情並不是只有這樣。

「不對，弟子又是怎麼回事？」

「嗯～我真的記不得了～好像有跟她聊過幾句的樣子。」

看來就連日葵也不記得細節的來龍去脈。

「無論如何，至少知道她產生誤會的原因了。」

接下來就看要怎麼告訴她才好……

正當我如此心想時，城山打開門探出頭來。

「『you』大人。妳在做什麼呢？」

「啊，沒事。我好像回想起妳的事……」

「真的嗎！」

城山的雙眼立刻亮了起來。

（唔！這個純真的氣場是怎麼回事！）

總覺得心靈受到淨化……再這樣下去，會讓人忍不住想守護她美麗的誤會！

不不不，可別輸了，夏目悠宇。

現在正是好好發揮學長威嚴的時候！

「那個，妳誤會了……」

「咦～？悠宇學長，你又要說這種話嗎？」

「不是，所以說你真的……」

「不可能！」

城山說得斬釘截鐵。

看到她這麼肯定，就連我的記憶好像都要變得曖昧不清……

「因為『you』大人可是超級淑女喔！像悠宇學長這種呆板的人，不可能做出那麼纖細又漂亮的飾品！」

竟然被說是呆板的人！

在我為之啜泣時，城山抱著日葵的手臂，用臉頰加以磨蹭。

「『you』大人是『這麼漂亮』～」

聽到這句話，日葵抖了一下。

「『感覺又很聰明』～」

抖了兩下。

「還『超級帥氣』，是我憧憬的人！」

抖了三下。

那個，日葵同學？

面對十分開心地進行肢體接觸的城山，日葵的嘴角也逐漸失守。

正當我察覺不祥的預感時，日葵緊緊抱住她的頭，心情愉悅地宣言：

「好～！芽依，就讓我這個『you』好好疼愛妳吧～！」

喂，這個假冒身分的傢伙。

不要瞬間就被甜言蜜語攻陷好嗎？

我拖走日葵，拉開與城山的距離。日葵這傢伙還在「噗嘿嘿～」傻笑個不停。

「日葵同學？妳不是要幫我解開誤會嗎？」

「咦～也沒關係吧～會說我可愛的女生肯定不是壞孩子～♪」

「妳也太好騙了吧！」

「還不是因為最近大家對待我都太過隨便～我本來就是應該受到吹捧崇拜的存在喔～☆」

糟了！

從暑假那時的熱戀冒險模式冷靜下來的後果，竟然在這個時候……

「而且如果連個女生的夢想都無法守護，就不是美貌的煉金術師嘍♪」

「是妳擅自加上那種中二病稱號的……」

被日葵戳刺鼻尖的同時，我也放棄了。

得意忘形的日葵跑去跟城山親暱地打鬧起來。

「那麼，芽依。妳就在這場校慶好好學習『you』的技術吧？」

「是！」

……還決定了這種事。

（雖然是很有個性的女生，感覺不是壞孩子……）

好吧，算了。

我的目標終究是販售會的銷售盈餘。

為此，就算是日葵被她誤以為是「you」也沒關係……

總之，儘管發生這段插曲，我們「you」的飾品販售會總算揭開序幕。

♣　♣　♣

確實是揭開序幕，這時還有一個問題。

就是這個販售會場。

當我們在開班會時，不知不覺被完全換了一個樣子的販售會場。

重新審視過後，我不禁看得入迷。

這座迷宮雖然花俏得讓人頓時不知所措，其實經過相當縝密的計算。

狹窄的通道滿滿裝飾著飾品。將重點放在高度的配置，讓人產生有許多飾品一口氣進入視野的感覺。

有很多飾品專賣店都是像這樣著重縱向的空間感去配置商品。如此一來就能增加整體的厚實度，也會提升高級感。

而且乍看之下像是在惡搞的隔間迷宮……

（這是在防止客人「折返」嗎……？）

前進的通道愈窄，必然只能向前邁進。而且只要繼續走下去，最後就會抵達結帳的地方。

這個說法雖然有點狡猾……但是除非是有特別的理由，否則一般來說不會到了結帳的地方才決定不買。

（這是為了販售商品……而且是特別強化這一點的設計。）

只能前進的迷宮。

一旦拿起商品，就只能直接走去結帳。

明明是這麼華麗又充滿玩心的設計，卻蘊含極具邏輯的機制。

我坦率地感到欽佩。

（城山具備我們所沒有的「與空間對話的感性」……）

說穿了，其實只是用大塊的布將整間教室隔出空間。

然而光是利用這麼簡單的手法，就能重現如此深奧的「空間」。而且還是在我們離開的短短半小時內。

這讓我回想起在東京參加天馬他們的個展。

如果要說哪一場的布置比較時尚……肯定是天馬他們的個展高上許多。

但是如果從「商品銷售層面」來看——這當真是國三學生做得到的事嗎？

我的內心不禁感到激動。

（這是我不具備的才能……）

好厲害。

這也是除了品質之外，能將飾品送到客人手中的技術。

（但是，這與我們構思的主題不一樣……）

我們的主題是「ＣＨＩＣ」。

然而這些布製飾品裝飾的空間是「花卉飾品的迷宮」。

城山準備的這個設計相當「刺眼」。
說得難聽一點就是孩子氣，即使如此……

——這時，我的思緒在此停下。

瞬間瞥見日葵的表情。
日葵一臉尷尬地注視眼前層次格外不同的光景。臉上絕非「感到欣喜」的樣子。
甚至足以冷卻我激動的心情。
這是當然。
畢竟我們準備的販售會場設計，是由日葵構思的。事實就是有個女生突然冒出來，擅自將一切變了個樣。
我也回過神來。
（這樣……不行。）
我出自本能察覺到這一點。
「話說回來，城山。可以把販售會場恢復原樣嗎？」
我盡可能溫和地提議。

城山感覺也滿有社交能力，只要好好說明一定能夠明白。

她都特地做出這樣的成果，確實讓人感到過意不去，但是應該會乾脆同意。

……然而唯獨這點，城山堅決不肯退讓。

「我不要。」

竟然說不要……

見我不知道該怎麼說下去時，日葵替我發問：

「為、為什麼呢～？」

「因為一開始的販售會場感覺超俗氣的。」

「俗、俗氣？」

城山點了點頭。

「『我認為簡潔時尚跟偷工減料是兩回事』。光是想像『you』大人的飾品要擺在那種俗氣的空間裡販售，我就覺得……」

她用雙手比出一個大叉叉。

「無法接受！」

「無法接受啊……」

不行，我可不能被她的氣勢壓倒。

這個女生強硬的態度，害得我完全被她牽著鼻子走。我連忙看向日葵。

「但是，日葵也覺得原本的設計比較好吧？」

「唔、嗯——呃……」

日葵也完全退縮了。

我不禁覺得左右為難。正因為知道城山並非心懷惡意說出這些話，所以才沒辦法強硬地否定她的感覺。

城山說的話雖然極端，但是也沒有錯。

這個問題沒有正確解答。我很清楚這一點。

（而且這兩個月來，日葵那麼辛苦……嗯？）

我忽然與城山對上視線。

她緊緊盯著我。

「悠宇學長。『你為什麼會跟「you」大人一起經營呢』？」

「咦……」

我頓時語塞。

「這、這句話是什麼意思……？」

「我知道你是她的男朋友，而且好像也一起做了好幾年。但是，為什麼連飾品販售都要插手呢？『既然只是趁勢一起經營，就不可能做得出結果』。」
「呃，那個……」
「我不是想成為『you』大人的男朋友。我是想協助『you』大人販售飾品才會過來。」
她當面對我把話說清楚：
「所以，悠宇學長很礙事。」
我在她的眼中，看不見對我的惡意。
我覺得她就像個「騎士」。
一心只想守護「you」這個主人。
先不論她的說法……我無法否定她的意志。
「『要是身邊有利用男朋友特權說出想舉辦那種俗氣販售會的人，會害得「you」大人隨之枯萎』。」
這句話讓我領悟自己的疏失。
替我構思這場設計的人是日葵。
城山這番話所傷害的人並不是我。
（怎、怎麼辦……啊啊！日葵完全慌了手腳！）
日葵的眼睛正在游移打轉。

即使如此，依然拚命裝作平靜的樣子。就連這種時候都還以現場氣氛為重。真不愧是始祖級社交之鬼！

當我拚命思考這種氣氛該如何是好時，門的方向傳來一道聲響。

「……有陌生人。」

嚇了一跳的我連忙轉頭一看。

是榎本同學。

她從門縫保持警戒看向這邊。完全充滿戒心的姿勢。如果有尾巴肯定是炸毛狀態。

而且一開口就是這句話……這麼說來，我確實忘記傳LINE跟她說明城山的事，但是難道沒有更婉轉的說法嗎……？

日葵趁著這個機會逃到她那邊。

「榎榎。管樂社那邊的活動呢？」

「已經告一個段落了。所以我才過來看看狀況……」

榎本同學看著城山，要求我們解釋。

「她是誰？」

「利用『區域交流計畫』過來參加校慶的國中女生。抱歉，我們也是剛剛才聽老師說明，所以還沒通知妳這件事。」

經過我的解釋之後，榎本同學大嘆一口氣。

「又做了麻煩的事呢。」

「不好意思……」

於是榎本同學朝著城山走去。

「我叫榎本凜音。跟小悠他們一樣是高二生。」

「妳好，初次見面。我是城山芽依……」

彼此和諧地打招呼……就在我如此心想的瞬間，不知為何榎本同學的右手抓住城山的頭。

城山不解地問道：

「咦？請問這是什麼意思？」

啊！

我們想阻止時已經來不及——是一如往常的鐵爪功！

「~~~~~唔！」

城山瞬間遭到擊沉。

我跟日葵只能傻眼地喊著：「咦咦~~」……不，到底為什麼要突然攻擊她啊？剛才的招呼冒犯到她了嗎？？？

正當我們嚇得目瞪口呆時，榎本同學以若無其事的模樣拍拍雙手。

「芽依，我剛才在走廊上都聽到了。這裡是『我們的販售會』，而妳是『第一次參加的新人』。我知道妳最喜歡『you』了，但是要認清自己的立場。」

「唔唔！但、但是……」

榎本同學朝她狠狠瞪了一眼。

「知道了嗎？」

「我、我知道了！」

城山頓時變得像是被蛇瞪視的青蛙。

我連忙湊近榎本同學悄聲說道：

「謝、謝謝妳。榎本同學，抱歉讓妳扮黑臉……」

「沒關係。反正我也沒有想討她喜歡。」

接著輕拍我的臉頰。

「既然小悠也是負責人，遇到關鍵時刻就算有點蠻橫，還是要貫徹自己的意見比較好。」

「唔……我、我知道了。」

榎本同學雙手抱胸。

接著用如同包覆在輕薄洋裝底下的胸部同樣充滿自信的表情點頭。

「知道就好。」

「謝謝……」

榎本同學實在太可靠了，讓我認真懷疑自己的存在價值。

（啊，這麼說來城山……）

這才發現她窩在日葵懷裡啜泣。

「『you』大人。對不起……」

「沒關係啦～如此一來，芽依也以『you』弟子的身分站上起跑線了♪」

「這是必經的環節嗎！」

她們的對話還真像戰鬥漫畫啊。我一邊這麼想，一邊拍了拍手。

「總之，我們馬上恢復成原本的設計吧。城山，希望妳也能幫忙。」

「芽依的設計就留到下次再用吧？」

城山的反應則是……

「好、好的……」

勉為其難答應之後，脫掉布偶裝的上半身……咦？

布偶裝裡的城山，是只穿著背心的毫無防備模樣。

「悠宇！不能看！」

「小悠，面向另一邊！」

兩人同時猛力打我的臉。

「咕啊……！」

太不講理了……如此心想的我也只能轉向後方。

「咦？有哪裡不對勁嗎？」

「芽依，過來這邊！」

「衣服……我去管樂社找找看有沒有可以換的吧？」

「啊。我有帶制服過來！」

「那就換上制服吧……」

校慶才開始不到一個小時……

即使腦中浮現這個想法，我們還是連忙將會場改回原本的設計。

♣　♣　♣

時間終於來到十二點。

第一天上午的活動結束了。

我們「you」的販售會——現在的業績是賣出五個。

「真不容易……」

「嗯——對啊～……」

日葵茫然回應我的哀嘆。

完全沒有客人上門。

與其說沒有人過來飾品販售會……應該說幾乎沒幾個人會到特別教室這棟校舍。偶爾有住在附近的高齡夫婦進來看看，也只是聊了一下就走了。

一直站著等待客人上門，讓我的腳有點受不了……於是坐在椅子上。

正在翻閱校慶小冊子的日葵打了一個呵欠。

「你看，畢竟早上在體育館舉辦熱舞大對決嘛。」

「有那麼受歡迎嗎？」

「對啊。悠宇不知道嗎？」

「去年沒什麼逛校慶的印象……」

「是啦，悠宇一直在顧展示區嘛～」

日葵面帶苦笑將小冊子遞給我。

標題是「校慶指南」。這個命名品味也太直接。我翻開寫有活動一覽表的頁面。
「……原來如此。第一天早上都是運動性社團的活動啊。」
「沒錯。畢竟是第一天的主要活動，學生們也都跑去那邊了～」
熱鬧又引人注目的類型……應該說是現充類型比較貼切吧。
剛才日葵說的運動社團比賽的熱舞大對決正是熱門活動，大概不用期待會有人潮流向我們這個不起眼的展示區吧……
「下午有班級戲劇表演跟校友參加的辯論大賽，到時候過來這邊的人也會增加吧？」
「如果真是這樣就好了……」
確實從剛才開始，路過走廊的人逐漸增加了。
到了午餐時間，受到飲食類型攤位吸引的學生們也會離開體育館，就這麼往這邊走吧。
……話說操場的方向傳來很香的味道。
這麼說來，我的肚子也餓了。早上因為太過緊張沒吃早餐。
「日葵。午餐要吃什麼？」
「嗯～榎榎應該也要過來了，等她來了再決定吧？」
「好啊……話說榎本同學現在在做什麼？管樂社的活動嗎？」
「對啊～聽她說過管樂社要擺半熟蛋包飯的攤位。」

「真的假的，認真的嗎？」

「榎榎的朋友說了『目標是切下去半熟蛋會流出來的程度』呢～」

「咦咦，我都想吃了……」

我們去東京旅行時，也有吃過那種類型的蛋包飯呢。

要是將穿著哥德式洋裝的女生下廚的畫面上傳YouTube，感覺會爆紅……現在不是嗅到新商機的時候。

口中忍不住開始分泌口水時，一旁的城山說道：

「再這樣下去真的好嗎？果然還是更換一下販售會場的設計吧？」

「不，那樣不行……」

城山穿著黑色的西裝式制服，兩隻腳晃來晃去。

「不然去發傳單吧？悠宇學長，你沒有準備嗎？」

「我們校慶禁止發傳單。畢竟會產生垃圾問題，還有必須珍惜資源的含意。不過有在學校布告欄張貼海報啦。」

「嗚哇～難得『you』大人舉辦販售會耶～～！」

她拿起一個販售用的飾品。那是將曇花花瓣做成永生花加工而成的耳環。是這場販售會的主推商品之一。

「『you』大人特別製作的低價款式……這個不買不行啊！」

「那還真是多謝……」

「嗯？為什麼是悠宇學長道謝呢？」

「也、也是。不好意思。」

這樣還不起疑也很厲害……

城山沒有特別覺得哪裡不對勁，在一旁催促日葵：

「『you』大人。把會場換成我的設計嘛～～」

「嗯呵呵～小幫手就快來了，所以駁回喔～」

遭到不留情面的拒絕之後，城山說聲：「消沉……」然後變得消沉。只要習慣了這個女生的反應，就會覺得滿有趣的。

……話說小幫手？

我也被第一次聽見的消息所吸引。

「日葵，這是什麼意思？」

「嗯呵呵～你以為我只會站在那邊而已嗎？」

日葵拿起手機確認時間，從椅子站起身來。

接著擺出神祕的姿勢，自信滿滿地做出宣言。那種事怎樣都好，總之既然現在穿著哥德式洋裝，就給我安分一點。

「只要交給我這個天才創作者『you』，事先準備好一、兩個密技也是小事一樁！」

「哇啊！『you』大人好帥氣～～！」

哇啊。有夠得意忘形……

斜眼看著一面熱烈鼓掌一面起鬨的兩人，忍不住產生了有點看不下去的感覺。我看未來無論變得多麼出名，都絕對不要自稱是「天才創作者」好了……

（不過小幫手又是誰？）

榎本同學不是小幫手，而是「you」的成員。

還是真木島……不，我一點也不覺得那傢伙會來幫忙。而且他好像正忙著指揮網球社的炒麵攤位。

正當我想著這些事時，門像看準時機一般開啟。一想到是有客人上門，我連忙起身招呼：

「歡迎光臨！這裡是飾品專賣店『you』……咦？」

來者是認識的人，讓我愣在原地。

兩個同年級的女生就像在照鏡子一樣，擺出剛好左右對稱的V字手勢。

「耶～！」

「夏目同學，最近好嗎～！」

一頭中分金髮，感覺很活潑的女生是井上茉央同學。

另一個將一頭黑髮綁成馬尾的女生，則是橫山亞壽美同學。

就是與真木島同班，上學期的飾品騷動時請我製作客製飾品的兩人。

那件事過後，我們就再也沒有碰面交談了，難道她們是特地過來參觀嗎？當我如此心想時，只見日葵走向她們。

「嗨～嗨～感謝妳們的幫忙！」

「沒關係啦～這樣我們也可以替上次雪恥啊！」

「話說日葵你們的服裝也太扯了吧？是要參加舞會嗎？」

她們一邊吵吵鬧鬧聊了起來，一邊撥弄著哥德式洋裝。

在一旁聽著這段對話的我問道：

「雪恥是什麼意思？」

結果井上同學以非常親暱的感覺拍打我的肩膀。好痛好痛。排球社隨手輕拍幾下就是殺人級別的力道，真的好痛……

「你看你看，之前不是因為我們的關係，給你們添麻煩了嗎？」

「不，才沒有添麻煩。反而是因為我們……」

「啊哈哈。夏目同學真是個懂得顧慮的男人呢～總之就當作我們感到過意不去，所以宣傳

隊長要復活啦。

「啊，原來如此……」

這麼說來，上次她們也在推廣我的飾品這方面幫了很多……讓她們掛心這件事，總覺得很過意不去。

日葵豎起食指說道：

「所以說，就請這兩位當活廣告，戴著新款的低價飾品逛校慶嘍～」

「耶～」三個女生熱鬧地互相擊掌。

這下子我總算理解宣傳的宗旨了。

也就是說，要刻意引發國中校慶時的那個現象。

當時憧憬紅葉學姊的短大學生們戴著她在Twitter上宣傳的花卉飾品，在校內走來走去。結果就是吸引了其他更多客人。

當我想著這件事時，井上&橫山二人組跑去找城山搭話。

「嗨～妳就是想拜師的女生嗎？」

「請多指教嘍～我們是宣傳隊長～！」

社交能力有夠驚人，一口氣就縮短雙方的距離。

根據真木島的說法，這個二人組是僅次於日葵受歡迎的女生。最大的武器就是即使面對第一次見面的人，態度也不會有所改變……啊，對了！

「呃，妳們兩個，其實……」

這麼說來，城山還認為日葵是「you」……嗯嗯？

見到我慌慌張張的樣子，井上&橫山二人組「噗噗噗！」以感覺很有趣的模樣面面相覷。

「我知道～『you』是日葵對吧～？」

「我們是要替日葵宣傳飾品嘛～？」

然後她們面帶竊笑朝我靠近。

「對吧，打雜的……」

「夏目同學？」

煩死了。

原來一開始就跟她們說過這個設定啊。看到她們很享受這場校慶我也很開心。很好。

城山面對突然現身的陽光女孩二人組也絲毫不退縮，一如往常地打招呼。

「我是城山芽依！請多指教！」

「嘿嘿～請多指教～」

然後還跟著擊掌。城山的配合度真的很高。

做完自我介紹之後，接著要挑選讓她們戴在身上宣傳的飾品。

這時日葵忽然提議：

「對了。不然讓芽依決定好了？」

「由我決定嗎？」

我還以為會是由日葵自己決定，因此感到有些意外。大概是察覺我的困惑，日葵靠過來悄聲說道：

「哎呀，你想想。剛才我們駁回了她的販售會場設計嘛。」

「喔喔，原來如此。刻意把重要的工作交給她是吧。」

也是，難得她跑來拜師，只要她做些打雜的事或許會感到有點失落。

我們將這次所有準備好拿來販售的飾品一字排開。

「芽依。妳覺得哪個飾品比較適合她們呢～～？」

聽到日葵笑咪咪地發問，城山也伸手指出。

「這個。」

「咦……」

是曇花的飾品。

在榎本同學的建議下製作的兩千圓綜合套組。

看到她挑選的商品，日葵疑惑偏頭。

我也沒想到她會選擇這個。

井上&橫山二人組都是亮眼類型的女生，感覺她們跟曇花的沉穩之美不太搭……

但是城山補充道：

「既然要宣傳，我覺得選主打商品會比較好。」

「啊，原來如此。」

聽了這句話有所理解的人似乎只有我。

日葵與井上&橫山二人組都是「其他的比較好吧？」的感覺看著彼此。將高價商品當成展示樣品戴在身上，可能會讓她們有些退縮吧。

但是我反而感到佩服。

（……城山真的好厲害。）

這個判斷非常切中要點。

以宣傳的鐵則來說，如果沒有讓人第一眼看到販售會的主打商品便失去意義。無論任何業界都適用這樣的道理。

令我驚訝的是事先沒有對她進行任何說明，就能看出「曇花是主角」這點。

一般來說聽到有人這麼問，應該都會從「適合井上&橫山二人組的飾品」這個著眼點挑選。

然而她卻能精準看出我們的意圖與現況，給出另一個回答。

不過，這也只是其中「一部分」。

最厲害的地方……

在於「對於這個判斷沒有絲毫遲疑」。

剛才看見她用布製飾品製作的販售會場設計。那讓我得知城山具備與空間對話的感性。

但是能活用這樣的能力，都是多虧她有辦法迅速判斷，才能在半小時內變更會場布置。

一般來說應該都會有所遲疑。不會只因為「自己這麼想」便去更動他人的販售會。

然而她沒有任何遲疑。

雖然整個人散發悠哉的氛圍，卻不只是普通的國中生。

（難道她也跟榎本同學一樣，有過零售業的經驗嗎……？）

在我緊盯著她看時……城山不知為何用雙手遮住自己的臉。

我心想這是怎麼了，她便老實地說道：

「對不起！悠宇學長，你確實還算帥氣，但不是我的菜！」

「才不是那樣！我不是因為那樣才盯著妳看！」

那個，日葵同學？不要用那種奇怪的眼神看我……呃，井上&橫山二人組也不要在一旁竊竊私語！

總之！

就這麼決定讓井上&橫山二人組戴著曇花飾品去當活廣告。
這個判斷想必不會有錯。

♣ ♣ ♣

送走井上&橫山二人組後，有個客人接著走進來。
是犬塚家引以為傲的超級型男——雲雀哥。
「嗨，悠宇！」
「雲雀哥！」
今天也身穿華麗的西裝，一口潔白的牙齒同樣散發光芒。
「你怎麼有空過來？」
「當然要來啊。無論悠宇到了哪裡，就算是地獄深淵我也會去見你。」
說出一如往常的大舅子笑話（應該是笑話吧？），雲雀哥環視整個販售會場。
「…………」
瞬間的沉默之後——露出微笑。
「是間不錯的『店』呢。」

「謝謝！」

……咦？

剛才有沉默了一下吧？

難道他覺得不太好嗎？不，關於這方面的事，雲雀哥應該會直接說出口吧。在我感到有點難以釋懷的時候，日葵也靠了過來。

「哥哥。歡迎你來～」

「嗨，日葵。妳今天也有努力協助悠宇嗎？」

「啊，哥哥！這有點……」

這時新面孔的城山探出頭來。

「是『you』大人的哥哥嗎？啊，我是城山芽依！是『you』大人的頭號弟子！」

啊！

於是雲雀哥不明所以地偏著頭。

「……我是『you』的哥哥？」

「啊，不是，那個……！」

正當我連忙想要說明時，雲雀哥皺起眉頭。

先是沉默看著我們的臉色，手指也抵著下巴陷入思考。喀嚓喀嚓喀嚓……他的腦袋正在高速運轉。整個過程大概只有幾秒鐘。

下一個瞬間便露出爽朗的業務用笑容，輕拍城山的肩膀。

「是啊。我是『you』的『親哥哥』雲雀。城山，妳可要好好努力。」

「謝、謝謝！」

……真不愧是雲雀哥，一瞬間就察覺整個狀況。這樣的能力確實很令人感激，但是剛才似乎特別強調「『you』的親哥哥」這句話，應該是我的錯覺吧？

鬆了一口氣的日葵可愛地拜託雲雀哥。

「欸，哥哥也來幫忙當飾品的活廣告嘛。」

「活廣告？……喔喔，要我戴著飾品在校內走動是嗎？」

「對對對。哥哥就算戴著女性飾品也很好看吧？」

接著給他和井上&橫山二人組同款的曇花夾式耳環。

而且還是使用完整花被製作的款式。採用的是大約只開了三分，還沒完全綻放的花被，藉此勾勒有如空靈美女垂首的模樣。

「既然是『you』的請託，就讓我提供這點程度的協助吧。」

「太棒啦～！哥哥，我最喜歡你了～！」

他立刻將耳環夾在耳垂上。真不愧是天生型男，不管是任何穿搭看起來都有如量身打造。

「雲雀哥，你一個人過來嗎？」

「不，我跟幾個住在當地的校友一起來。」

我們學校的校友？

正當我想著「難不成……」時，雲雀哥轉頭看往走廊的方向。

「咲良，妳也幫忙宣傳一下吧？」

「我才不要。雲雀，你真的太寵我家的蠢弟弟了。」

什麼……！

我連忙轉頭一看，只見難得做了正式打扮的咲姊就站在那邊。

穿著一身時尚的黑色連身洋裝，肩上披著格紋外套更是增添成熟氛圍。話說那個圓圈大耳環是從哪裡冒出來的？

……如此罕見的咲姊看起來心情很差，視線緊緊盯著我。

「呃……」

「……蠢弟弟。真虧你敢在本人面前做出這種反應啊。」

不是，看到自家人出現在學校活動時，本來就會有這種反應吧。

難得頂著漂亮的妝容，我的姊姊卻散發強烈的憤怒氣場，未免太可惜了。

「咲姊，妳來做什麼……？」

這個平常都懶得出門的人會來到母校參加校慶，絕對不只是為了玩樂而已。

當我如此心想時，雲雀哥代為說明：

「我們下午要以校友隊的身分參加辯論大賽。」

「喔喔，原來如此……」

這麼說來，早上有說到活動一覽表有場校友也會參加的辯論大賽。

去年日葵有去看，記得是提出一個主題，讓在校生及畢業生相互陳述意見的形式。

只有這樣有種太嚴肅的感覺，但是主題通常是「覺得這一季的那部連續劇怎麼樣？」的感覺，所以其實是場滿熱鬧的活動。比較接近藝人在綜藝節目交換意見博君一笑的感覺。順帶一提，贏得勝利的隊伍可以獲得能在校慶使用的餐券。

（……不過要跟這兩個人進行辯論的在校生會不會太可憐了？）

我在內心對著不知道是誰的在校生代表合掌，咲姊嘆了一口氣。

「真是的。難道你就不能辦場普通的販售會嗎？」

看樣子她似乎是指「you」身分對調的事。大概是聽見剛才我跟雲雀哥的對話了吧。

咲姊邊說邊拿起一個飾品。

看到她的動作，我便忍不住抖了一下。只要一提到飾品，咲姊就會講得毫不留情，所以非常可怕……

然而咲姊脫口而出的話語不同於我的預想，說得滿溫和的。

「……飾品倒是不錯。我覺得有在價格跟品質之間取得平衡。」

喔喔。

總覺得她這樣坦率地稱讚反而讓我有點出乎意料……嗯嗯？「飾品倒是」？剛才這個說法是不是話中有話啊？

「話說悠宇，你吃過午餐了嗎？」

「不，還沒。」

「這樣啊。那麼要不要跟我去吃呢？跟我這個『親哥哥』一起！」

十分用力強調這一點。

看來已經完全不管「you」的設定了。我很清楚你只對親哥哥這點感興趣喔，My brother。

「啊~哥哥！好狡猾！我也要去！」

日葵也理所當然想和我們一起行動。

然而雲雀哥只是「哈！」笑了一聲。

「竟然要拋開顧店的工作，太荒謬了。難道妳想把這件事丟給一個國中少女嗎？」

「唔唔……！」

面對絕對正確的言論，日葵也無法反駁。

城山則是開心地說著：「『you』大人，我們一起加油吧！」很有幹勁的樣子。說得也是，能與憧憬的「you」兩人獨處，當然毫無怨言吧。

「好了，悠宇。一起來吧？」

「那個，我看我還是留下來好了？而且我也想累積販售的經驗，總不能離開……」

「哈哈哈。這樣吊人胃口確實是個很好的詭計，但是對我可是行不通的喔。你這個壞心眼的美貌煉金術師♪」

拜託真的不要再提那個了！

竟然突然說出口，到底還是不是人啊！

看著我不知為何被抬起下巴的模樣，城山發出「哇啊……！」的輕呼。不不不，不是這樣。我們不是那種關係。只是互相誓約未來的結義兄弟……呃，這樣也不對。並非加入一點羅曼史要素的三國志啊……

「日葵，我很快就回來……」

「悠宇這個叛徒～……」

儘管妳說得憤恨不平，但這全都是妳哥哥做的好事啊。

暫時將店面交給日葵跟城山，我與雲雀哥一起朝操場走去。

♣ ♣ ♣

操場上擺了好幾個學校舉辦活動時使用的帳篷。

這裡是餐飲類型攤位的區域。

有炒麵、章魚燒、德國香腸之類讓人飽餐一頓的類型。也有像是巧克力香蕉那種甜點。四周飄散著食物的香氣及甜味。

把手搭在我的肩上，雲雀哥優雅地帶領我前進。渾身散發有如藝人的型男氣場，擦身而過的女性全都回頭看他這點未免太扯了。耳環也非常有存在感，感覺多虧了雲雀哥，今天好像就能有所盈餘……

「那麼，悠宇想吃什麼？告訴我這個（親）哥哥吧？」

「我總覺得哥哥的語調和平常好像不太一樣……」

跟在後面的咲姊無奈嘆氣。

「……雲雀。隨便怎樣都好，但拜託不要在我面前跟蠢弟弟放閃。」

「有什麼關係！要不是有這次機會，我就沒辦法跟悠宇在大白天一起玩耶！」

這個說法感覺會害我被人指指點點，能不能不要這樣啊？而且之前放暑假時，我們不是才一起去海邊玩嗎……

正當我想著這些事時，對面的帳篷有人在叫我。

「嗨，小夏啊！是來買午餐的嗎？」

才剛覺得這個人的聲音很耳熟，果不其然便見到真木島的身影。

喔喔！頭上綁著毛巾的輕浮帥哥正在用驚人的氣勢炒麵。

動作靈活地拿著不鏽鋼製的鐵板燒煎鏟，鏗鏗鏘鏘在鐵板上翻炒油麵以及各種配料。

這麼說來，之前有聽說網球社的攤位是賣炒麵。

畢竟是擺攤必吃的料理，只見帳篷前面排了長長的隊伍。社員們全在帳篷裡忙進忙出。男生負責料理或準備配料，女生則是負責結帳之類的內勤工作。

「接下來是五號兩人份！六號的大碗也好嘍！把七號、八號的麵跟配料拿過來！十幾號跟二十幾號的隊伍速度變慢了……我不是說過五分鐘就要輪班嗎！沒事做的人快上前輪替！」

一邊處理手邊工作的同時，真木島也負責現場的指揮。在他驚人的氣勢之下，社員們也都動作俐落地依照指示做事。

夏季大賽結束之後，他好像被任命為新的隊長。這傢伙基本上都會自己率先採取行動，因此大家才會心甘情願聽從指示吧。

雲雀哥也很佩服他帶頭指揮的態度。

「慎司。你還滿行的嘛。」

真木島「哈！」笑了一聲。

「啊哈哈。你就在一旁悠悠哉哉等著吧。我今年絕對會打破你在校期間創下的銷售紀錄！」

「哈哈哈。那還真是令人期待呢。不過既然是連你這種傢伙都能超越的紀錄，就代表一直以來無法再創新高的學弟妹們只有這點程度吧。」

「啥、啥啊？」

喂，雲雀哥，不要這麼開心地挑釁高中生好不好。

不知不覺間，暑假那場沙灘排球的第二回合即將開始。話說雲雀哥在校期間留下的紀錄未免太多了吧？

真木島將炒好的炒麵胡亂塞進紙盒裡。一盒接著一盒疊在後方桌上之後，對著正在包裝的女生社員喊道：

「把這個十人份拿給小夏他們！」

「咦？我們沒有點……」

真木島哼了一聲。

他高高揚起嘴角，用看起來很像壞人的笑容說道：

「這是本大爺請你們的。畢竟我一點也不覺得那個紀錄會因為這點不利條件就超越不了。真期待這個完美超人下跪磕頭稱讚我的未來啊。」

「……還真敢講啊。就這麼希望我陪你玩嗎？」

喂喂喂，你們兩個別在攤位前面起爭執啊。其他客人也會退避三舍……

接過裝得滿滿的塑膠袋，雲雀哥平靜地撩起頭髮。

「呵呵。看在你無謂努力的份上，下午的辯論大賽我就使出全力聊表敬意吧。」

「啊哈哈。正合我意。我會讓你在學弟妹面前丟人現眼的。」

原來那個可憐的在校生就是真木島啊～

我看沒有其他學生比他更享受這場校慶吧……

「那我走了，真木島。晚點見。」

「唔嗯……啊，對了。小夏啊。」

不知為何他又把我叫住。

只見真木島以有些期待的模樣瞇細雙眼。

「飾品販售會的狀況怎麼樣？」

「……呃，上午的表現不太好。」

聽了這個回答，真木島說聲：「原來如此。」便聳聳肩繼續做事。

（……怎麼了嗎？）

心裡想著希望他別再打什麼奇怪的壞主意，我們就此離開現場。

♣ ♣ ♣

買了食物之後，剛好是午餐時間。

設置在操場外面的桌子全都客滿。

「還是要回去販售會場呢？」

「蠢弟弟。你想在販售時尚飾品的地方吃炒麵嗎？」

也對。

要是沾到氣味就糟了。但是總不能站在這裡吃吧。

這時咲姊隨手指向對面：

「蠢弟弟。那邊樹蔭下的座位有幾個吃完東西還一直賴著不走的小丫頭吧。去趕走她們。」

「咲姊……」

這個人是現代版山賊嗎？

怎麼可能向一群不知道對方是幾年級的人做出這種蠻橫的行為啊……

「哈哈哈，咲良還是一樣呢。不然由我去跟她們說一下好了。」

雲雀哥一邊撩起頭髮，一邊過去向那群女生溫和搭話。

就在這個瞬間，型男閃亮光束襲向那群女生！

迎面遭受這股衝擊的她們，紅著臉連忙收拾桌子。接著一起用手機拍照之後，便以難掩欣喜的樣子離開了。

雲雀哥心滿意足地微笑說道：

「果然人只要好好溝通，都是很講道理的呢。」

……雲雀哥。我想你的狀況大概不太一樣。

真切地體認到他不愧是日葵的哥哥，同時也坐到樹蔭下的座位。雲雀哥從塑膠袋裡將炒麵一盒一盒拿出來。

「難得有這個機會，就承蒙慎司的好意吃個午餐吧。」

「話說回來，這個分量也太多了……」

就算分給日葵她們，也不一定吃得完吧。

咲姊以一臉不耐煩的模樣將免洗筷一分為二。

「不只是我們家的蠢弟弟，還有真木島的弟弟。雲雀，你真的很喜歡年紀小的男生耶。」

「不不不，我也不是任誰都好喔。看著悠宇對待飾品的熱情就讓人覺得很暢快，像慎司那樣

全力迎戰的感覺也滿有趣的。」

「你有發現這是老年人才會有的想法嗎？」

「……真是令人受傷的指摘啊。莫非是因為平常滿腦子都在想著如何壓擊潰職場的那些老賊，害得自己也染上這種習性了呢？往後我還是多加注意，改進一下比較好。」

咲姊也同樣一邊打開炒麵的盒子一邊說道：

「話說回來，蠢弟弟。那個新來的女生是怎麼回事？」

「呃，她是利用『區域交流計畫』前來參與園藝社的販售活動。好像是『you』的粉絲，所以才會指名我們社團的樣子。」

「喔喔，所以才誤會日葵就是『you』啊。我還以為你又學不乖，對其他女生出手了。」

「這樣講也太難聽了。咲姊，這不是該對親弟弟說的話吧？」

咲姊冷笑一聲。

「那麼實際上你跟凜音怎麼樣了？」

「……我想應該有好好相處。其實這次校慶，榎本同學原本打算參加管樂社那邊的活動，而不是跟我們一起。雖然更像是出自榎本同學的體諒，刻意不要跟我們扯上關係的感覺……」

「喔？但是這段時間還是跟著你們一起準備吧？」

「是真木島那傢伙把暑假跟紅葉學姊的那件事搬出來啦。他說在校慶期間，榎本同學也要協助『you』的販售會……」

「……原來如此。真不知道那種喜歡搞小手段的個性到底像誰啊？」

迎接咲姊意有所指的視線，雲雀哥聳了聳肩。

「真要說起來，會耍這種小手段的人不是我，而是咲良吧？」

「哈哈。你還好意思說。」

就當作他們還是一樣要好吧……

（不過咲姊今天心情也很好呢。直到現在都沒有踹我。既然如此……）

於是我跟說出那「三個條件」。

雲雀哥似乎已經聽日葵說過了，沒有什麼特別的反應。

「總覺得真木島好像有什麼目的，但是不知道究竟為什麼……」

「嗯……不過還是能夠想像啦。」

咲姊說得很乾脆。

她的腦筋轉得有夠快。真的跟我有血緣關係嗎……咦？難道小時候說「我是從紅色橋下撿回來的」那件事是真的嗎？

正當我們聊到這裡時，剛好看見在帳篷之間巡邏的笹木老師。他一看到我們，就將手插入口袋裡緩緩走過來。

雖然因為連日忙碌工作的摧殘顯得憔悴，但在以前教過的學生面前依然露出開朗的笑容。

「喔，雲雀、咲良。今年也把你們找來，真是不好意思啊。」

雲雀哥站起身來，很有禮貌地向他行禮。

「別這麼說。今年也能看到笹木老師有精神的樣子，我也覺得十分開心。」

「哇哈哈。你這傢伙，又在說這種違心之論！」

笹木老師邊笑邊撞了一下雲雀哥的側腹。雲雀哥也開心發笑。

咲姊說聲：「又來了……」嘆了一口氣。

看樣子這似乎是兩人慣例的招呼。

嗯——難道這就是大人的溝通方式嗎……

「話說雲雀啊，你那個引人注目的花卉耳環是怎麼回事？」

「這是因為我受命擔任悠宇飾品販售會的活廣告。辯論大賽時也會這樣登台。」

「喔喔。那還真是不錯。喂，夏目……」

話說到這裡，笹木老師想起咲姊也在場，於是重說一次：

「……喂，喵太郎。辯論大賽結束之後，你可要作好心理準備嘍。被雲雀吸引的女生們應該會全都衝過去購買。」

「哈哈。這也太誇張了。不過既然被交付這個任務，還是會完成最基本該做的事。」

又被老師叫喵太郎了……

既然是因為跟咲姊同姓的關係，真希望他能正常稱呼我「悠宇」。

我懷著尷尬的心情吃著炒麵，當他們的對話剛好到一個段落時，笹木老師以若無其事的模樣隨口說道：

「這麼說來，你們還有跟紅葉和彌太郎保持聯絡嗎？咲良也該坦率點——」

——咻～～我頓時感覺周遭的溫度驟降。

冷風都讓我不禁抖了一下。隔壁桌的學生們也紛紛慌張地喊著：「咦，怎麼回事？」、「天啊好冷！」

雲雀哥跟咲姊都用冷酷的眼神盯著笹木老師。說起那個壓迫感有多驚人，如果他們出現在那個超受歡迎的海盜漫畫裡，說不定都能使用霸氣了。

笹木老師好像也感受到了……可能是早已習慣，他絲毫沒有感到畏縮，只是嘆了口氣。

「…………原來如此。還是老樣子啊。」

不知為何，老師拍了拍我的肩膀對他們說聲：「總之你們今天好好玩吧。」放了三支加倍佳在桌上。

直到老師的身影消失在人群裡時，氣氛才總算緩和下來。

「〰〰〰唔！」

然而咲姊氣到漲紅了臉，肩膀抖個不停……啊，握在手裡的免洗筷斷成兩半了。

「……所以我才不想來參加什麼母校的校慶啊！」

「那個人也只是在意教過的學生近況吧。尤其那兩個人也不是在畢業之後還會跟恩師保持聯絡的類型嘛。」

「那個大叔每年都講一樣的話喔。我看他已經開始癡呆了吧？」

「要是咲良親切一點拋出其他話題，事情應該也不會變成這樣。」

「我才不要！那個大叔最會精準提起別人不想觸碰的話題好嗎？幾乎讓人懷疑他是不是故意的了！」

裝作沒聽到，我要裝作沒聽到……

我祈禱自己可以變成融入景色的路人，順利撐過姊姊的地雷區。

見識到學生時代的愛恨情仇會被說上一輩子的地獄級範本，雲雀哥平靜地試著換個話題。

「這麼說來，悠宇。你剛才要離開攤位時，慎司跟你說了什麼？」

「咦？……喔喔。他問我飾品販售會的狀況怎麼樣。」

「原來是這樣，我也滿在意這點的。」

「早上的銷售狀況不是太好。畢竟客人都被體育館的活動吸引過去，沒什麼人潮。」

「喔？」

雲雀哥若無其事地說道：

「這是最後虧本時的藉口嗎？」

「咦……」

忽然間，我感覺好像有把冰冷的刀刃抵著自己的臉頰。

……見到我像是被鬼壓床一樣動彈不得，雲雀哥露出微笑：

「不，我並不是在生氣。只是有點不解，『認真以銷售盈餘為目標』這個飾品販售會的宗旨是否有所變動而已。」

「才、才沒有這回事。我們還是一樣以銷售盈餘為目標。」

但是雲雀哥以無法理解的動作偏頭問道：

「既然如此，為什麼會採用那種『到處都是缺陷的設計布置販售會場』呢？」

「到、到處都是缺陷……」

雲雀哥的嘴扭曲成倒V字形。

「悠宇製作的低價飾品很不錯。然而剛才看到日葵設計的販售會場卻是糟糕透頂。依照那個樣子，就算被人認為沒有認真想要販售商品也不奇怪。」

這句話讓我嚇了一跳。

沒想到這跟今天早上城山所說的話是同樣的意思。

「『我認為簡潔時尚跟偷工減料是兩回事。』」

我拚命加以否認。

「什麼叫看起來沒有認真想要販售商品，才沒有這回事！那是我們集中一個主題……」

「如果所有客人都能看到悠宇腦中的光景，你的熱情也能傳達得出去。但那是不可能的。不管你們有多麼認真做這件事，如果沒有透過合適的方法傳達給他人就沒有意義。」

「意思是那個設計不合適嗎……？」

雲雀哥點了點頭。

「首先，那個設計是以什麼為參考呢？我不認為全部都是日葵憑著直覺設計……」

「參考了我在東京參加的天馬他們的個展。就是這個……」

我用手機點開相簿應用程式。

在天馬的個展上體驗到氣氛既簡潔又時尚的販售會。

雲雀哥跟咲姊一起湊過來，一張張滑過照片。看到最後一張後，雲雀哥露出苦笑。

「我們參考了這個，並將主題定為『ＣＨＩＣ』……咦？這、這樣不行嗎……？」

雲雀哥先把手機還給我，手指抵著額頭說道：

「首先，日葵犯了一個重大的失誤。她對於『販售會場也算是商品之一』這點並沒有充分的認知。」

「這是什麼意思……？」

「悠宇，你是在這場東京的個展感受到美好的體驗。所以才會想要在自己的販售會也這麼做對吧？」

「是、是的……」

然而雲雀哥表示這就是根本上的問題所在。

「但是呢，這場個展跟悠宇的販售會『設計理念』本來就不一樣吧？」

「設計理念？所以說一樣是『ＣＨＩＣ』……」

「不，我不是這個意思。剛才是我的表現方式有問題。」

雲雀哥換了一個說法。

「我所說的『設計理念』，是指『主角是什麼』的意思。」

「主角……？」

「沒錯。你比較一下這兩場販售會，說說看各自的主角是什麼？」

我想了一下。

首先能想到的是……

「我們的販售會，主角是花卉飾品。」

「那麼伊藤天馬的個展呢？」

「一樣是飾品……啊！」

這句話讓我察覺到「自己認知上的失誤」。

（沒錯。「天馬他們的個展主角不是飾品」……）

我想起那場個展的機制。

那終究只是「為了讓粉絲跟天馬互動的空間」。在那邊購買飾品，比較像是購買入場券一樣的概念。

設計理念截然不同。

那個空間是「為了突顯天馬」而構思的設計。

置身都會又洗鍊時尚的前偶像。

沉穩又溫柔的成熟美青年。

天馬站在那個地方的瞬間，才能讓那個空間顯得最為亮眼。

證據就在於他的主打商品——銀製骷髏戒指擺在那個空間可以說是極為突兀。不如說早苗小姐的礦石皮革飾品，以及我惹人憐愛的花卉飾品，跟那個空間還比較契合。

沒錯。

那個既簡潔又視野良好的配置、很有情調的樂曲，以及一點也不矯飾的氛圍。

全都是為了「襯托天馬這個獨一無二又無可取代的高級品」的空間。

——相對的，這次我的飾品販售會理念則是完全相反。

我將原本是高級品的花卉飾品改成低價商品，並且大量製造。簡單來說這次的販售會，就像是輕鬆好逛的暢貨中心。

暢貨中心的基本就是「大量進貨、大量販售」。活用陳列架的高度創造立體感的高密度設計，一切都從提高客人的興致開始。

然而要是採用空蕩蕩的配置營造高尚感的設計，客人會感覺到「咦？好像有點不太一樣？」這種印象上的偏差也是理所當然。

雲雀哥轉過免洗筷敲了敲桌面。

「活動會場是活生生的東西。確實難以百分之百與自己的設計理念契合，不過即使如此，我覺得這次的販售會場打從一開始就朝著完全相反的方向前進。」

「但那終究只是印象的問題……只要放大標價牌，並且向客人進行商品介紹……」

「……是啊。但是我指出來的地方，終究『只是其中一個問題而已』。」

其中一個問題？

也就是說還潛藏更加核心的問題嗎？

但是我才想發問，雲雀哥就先說出結論。

「無論如何，如果你想達成銷售盈餘的目標，就必須儘快調整那個販售會場。」

「但那是日葵拚了命想出來的設計……」

「…………」

面對不肯就此罷休的我，雲雀哥皺起眉頭。

視線瞪向一副事不關己的態度吃炒麵的咲姊。

「咲良。妳對悠宇說了什麼？」

「……我可沒說什麼奇怪的話。」

咲姊用手帕擦拭嘴巴。

白色布料沾上淡淡的紅色唇膏。

「我只有跟他說……既然跟日葵交往，就該思考要以什麼為優先。」

「…………」

雲雀瞬間以苦澀的表情咬了一下嘴唇。

好像想說什麼……最後只是平穩開口：

「……是啊。妳的意見確實也沒有錯。」

雲雀哥將吃完的炒麵盒整齊疊在一起……真不愧是日葵的哥哥，就連收拾垃圾的動作都能看出家教有多好。

「好吧，最終還是要由悠宇自己決定。但是算我多管閒事，還是給你一個忠告。」

如此說道的他迎面注視我的雙眼。

「最重要的是『從結果當中有所收穫』的心態。就算失敗也是喔。然而事實上，經驗這種東西還是『只有在竭盡全力之後，才會留在自己心中』。」

「……唔！」

我的腦中掠過在東京參加個展的經驗。

我確實竭盡全力。當時我將自己所有的一切都拿出來了。

但是失敗了。這股懊悔的心情，直到現在還深深留在我的心裡。

天馬的老師也對我這麼說過。

「沒有掙扎到最後一刻的傢伙，怎麼可能得到什麼經驗啊，別傻了。」

……現實就是這樣。

但是我……

「我同意採用日葵規劃的設計。日葵拚命努力想了很多……我也認為可以用這樣的設計達成銷售盈餘的目標。」

「……原來如此。」

雲雀哥雙手抱胸點了點頭。

「那樣就好。我只是看不出來悠宇有『打從心底真的』認同這場販售會的設計而已。」

「咦……」

我的心臟猛然跳動。

別這樣。不要動搖。我裝出極為冷靜的表情回答：

「沒有那回事。」

「…………」

雲雀哥與咲姊對上視線，稍微點了一下頭。

「好吧。那我們也該走了。我想去教職員室跟老師們打聲招呼。」

「你真的很喜歡做這種事耶。我要去找有可愛女生的攤位。」

兩人一邊開口一邊起身。

「那就祝你順利嘍。」

「你可要記得好好陪陪日葵喔。」

雲雀哥跟咲姊朝著校舍走去。直到看不見他們的背影，我一直坐在座位上。

我用雙手掩住臉，獨自低頭。

（……我到底該怎麼辦才好？）

既然我很重視日葵，那麼比起夢想更該以戀愛為優先。

但是……

「我看不出來悠宇有『打從心底真的』認同這場販售會的設計。」

……對啊。

說真的，我並沒有完全認同。

我也贊成參考天馬個展的提案。實際上我覺得整體氣氛滿像的。日葵不擅長自己無中生有創

造一個東西，但是很會參考其他事物加以模仿。

然而看到布置完成的那個空間，我不知為何絲毫不感到雀躍。

沒有像我一踏入天馬的個展時冒出來的激動感受。我沒辦法將這種感覺說出來。她都努力想了那麼多，我實在無法用一句「總覺得好奇怪」加以否定。

但是……

城山擅自調整的設計，確實讓我感到雀躍不已。

那確實與日葵提案的「ＣＨＩＣ」方向性相違。即使如此，還是讓我覺得「這個很棒」。我覺得那樣的直覺，與剛才雲雀哥他們跟我說明的一樣。

然而事到如今我也說不出變更日葵的提案這種話。

可以理解這樣會難以達成銷售盈餘這個目標。畢竟光是第一天早上就只賣出去五個，想賣掉兩百個幾乎是不可能的事。

我搞不懂。

我不知道怎麼做才是對的。

原來熊熊燃燒的熱情火焰——彷彿煙火的光軌一樣靜靜消失。

◇◇◇

悠宇被哥哥帶走了。

目送他們離開之後，我稍微嘆了一口氣。

（唉～我也好想一起去喔……）

又沒能跟悠宇獨處。

好吧，事實上確實必須有人顧店。雖然在接受這個「區域交流計畫」時，我就已經知道會是這樣了～

「『you』大人，我們一起加油吧！」

「…………」

芽依的眼睛閃閃發亮注視著我。看著這個把我的計畫全都搗亂的元凶，我不禁伸手……

狂揉她的頭！

「妳這傢伙～太可愛嘍～～就這麼喜歡我嗎～？」

「是的！我最喜歡，也最尊敬妳了！」

呀呼！

好耶，很好！這個少女是用純粹的心情崇拜我這個受神寵愛的存在！最近悠宇跟榎榎對待我都有點太隨便了，害我差點忘記自己本來就是處於這種立場的人！

雖然我現在是披著「you」外皮的邪神！

「芽依。在悠宇回來之前，我們把飾品全部賣光，讓他嚇一跳吧！」

「好的！我也會為了『you』大人努力！」

哎呀～配合度真高，好喜歡這孩子喔～

然而這樣的芽依在下個瞬間，維持面帶微笑的表情拋出震撼彈。

「雖然我覺得不可能就是了！」

「…………」

姆嘎……！完全不見預備動作的上鉤拳，對準我的下巴猛力一擊！

在腦內勉強抓住擂台圍繩時，天使正準備拿白色毛巾過來給我……不，還不用。還不到那個時候。

我故作平靜「啊哈哈～」笑了。

「為、為什麼不可能呢？」

「咦？」

芽依看了販售會場一圈……

「這麼俗氣的店，不可能會有客人上門啊。我認為還不到可以用來銷售的程度。」

「…………」

姆嘎姆嘎……！

不、不行。這句話太過尖銳，害我差點不小心發出像是超人力霸王裡怪人的聲音。不不不，身穿哥德式洋裝的美少女，才不會仰起上身擺動手腳喔呵呵呵。

「那、那個……」

我回過神來。

想起因為這個販售會場的布置，差點就跟她吵起來時的事。

「這麼說來，剛才芽依也有說過……布置很『俗氣』吧？」

芽依明確加以肯定。

「是的！」

「…………」

這個孩子應該不懂得什麼叫作客氣吧～

不，這樣的個性確實讓人感到爽快，我也很喜歡喔。而且芽依應該是認為這個販售會場由悠宇布置吧？……要是被她知道其實我才是構思的那個人會怎麼樣呢？

在我努力佯裝平靜時，這次輪到芽依以尷尬的模樣問道：

「『you』大人。悠宇學長真的是妳的男朋友吧？感覺這個品牌名稱，也是取自悠宇學長的名字……」

「咦？啊，嗯。姑且算吧……」

咦？

我的回應好像不太有自信耶。

不行，我的心快要受到挫折了。但是無論何時都能靠著莫名的自信與可愛為武器一笑置之才是我啊。我要加油！（拍拍自己的臉頰！）

「啊哈哈！」試著笑了幾聲，芽依還是緊盯著我的臉。

唔！不行……！

「芽、芽依有男朋友嗎～？妳這麼可愛，應該非常受歡迎吧？」

「…………」

我連忙搬出的好聊話題，很明顯冷場了喔☆

芽依華麗地無視我的問題，像是自言自語一般說道：

「我覺得不要再這樣下去比較好。」

「妳、妳是指什麼呢？」

「不要再將與飾品相關的工作交給悠宇學長處理。」

我先是愣了一下才反問：

「為什麼會這麼覺得呢～～？」

「因為他沒有打造空間的才能。」

「但、但是但是，悠宇很體貼，也很認真面對這些工作啊。」

我連忙出言袒護，但是芽依不當一回事。

「無論再怎麼體貼或是努力，硬是跟不適合做這些事的人一起工作也太不合理了。『並非好的戀人就能成為好的工作夥伴』。」

「…………」

啊……

不行了。這句話就讓我有所領悟。

（——這個女生的能力「在我之上」。）

每個人都有肉眼看不出來的魅力。

至於究竟是什麼……大概就是所謂的經驗值吧。逐漸累積的經驗值會形成人格、言行……這些將會化為一個人的魅力。

芽依對於自己的想法沒有任何迷惘。即使如此，也不是小孩子的得意忘形。她的發言非常明確切中要害。

最大的證據就是我不知道該怎麼反駁她。

兼具仰慕「you」的稚氣，以及莫名成熟的觀點與能力……這讓我不禁在意她的真面目。

「芽依，妳還是國中生吧？為什麼會這麼懂銷售方面的事呢……？」

結果芽依以期待已久的態度抬頭挺胸回答：

「我有在姊姊的店裡幫忙！」

「姊姊的店……？」

我忽然回想起國中那個時候，跟我聊得很開心的芽依姊姊。她好像是新木老師插花教室的學生吧？

「『you』大人，請妳看一下！」

芽依點開手機，讓我看了某個部落格。

那是開在鎮上的選物店。

店裡有販售一些南洋風情的生活小物，無論外觀還是室內裝潢都非常漂亮。

乍看之下給人五花八門的印象。但是仔細一看，該怎麼說……感覺得到有種調和的感覺。該說是配色呢，也可以說是氣氛吧。總覺得店裡會播放很有情調的民族風樂曲，並且飄散著好聞的薰香氣味……就是會讓人不禁產生這樣的聯想。

（啊，對了。那個姊姊說過是在經營選物店！）

芽依雙眼閃閃發亮的樣子，不停將手機朝我推過來。

「我為了將來可以協助『you』大人，正在姊姊的店裡修行。啊，請妳看看這個。去年舉辦萬聖節活動時的裝飾是我做的。不覺得很可愛嗎？」

「啊，嗯。做得很棒呢……？」

也太積極了～！

我伸手把手機推回去，試圖讓芽依冷靜下來。

不過謎底就此揭曉。

這個孩子在販售方面的經驗值果然比我高……！

而且還是有憑有據的自信。沒有比用實績說話的天然呆更棘手的類型了。

更重要的是——

（身邊從事自營業的人未免太多了吧……！）

我忍不住在心裡吐槽，用力敲了一下桌子。

芽依嚇了一跳，似乎有點困惑地發問：

「我、我做了什麼奇怪的事嗎？」

「啊——！不不不，並沒有那回事喔～！芽依很可愛！沒事的！」

芽依感覺有點開心地說聲：「真的嗎？」

嗯——這股純真。好像在向我炫耀已經失去的東西似的，感覺或許有點難應付。雖然很可愛就是了……

「『you』大人是能製作非常精緻的花卉飾品，還能兼任模特兒的超級創作者。然而即使是戀人，也沒必要去照料一個辦事不力的工作夥伴。」

「但、但是總不能這樣吧？就是……不覺得被排擠的『悠宇也』很可憐嗎？」

然而芽依只是以無法理解的態度偏頭問道：

「……嗯？『戀人歸戀人，工作夥伴是工作夥伴』，分開看待就好了。又不是因為這樣就要分手，應該算簡單吧……」

啊……

總覺得這句話靜靜觸及我的核心。

就算硬是納入一個沒有才能的傢伙，也絕對引導不出好的成果。就算放眼未來再怎麼努力……等到自己總算能「派上用場」時，都不知道悠宇已經到達哪個境界了。

當我說不出任何話而陷入沉默時，入口忽然傳來其他女生的聲音。

「……小葵。怎麼了嗎？」

啊，榎榎……

我裝作若無其事的樣子朝她走去。

「榎榎。蛋包飯的攤位那邊呢？」

「現在輪到我休息，所以過來這裡看看……」

天啊～真不愧是榎榎。

她明明穿著哥德式洋裝製作蛋包飯，還真的沒有沾到任何髒汙。

「那個，我有點事情想問妳……」

「怎麼了嗎？」

我讓芽依留下來顧店，與榎榎一起來到走廊上。

四周冒出許多已經吃過午餐的學生，感覺還滿熱絡的。旁邊再旁邊的那場展示甚至出現一大群熱鬧的人潮。

……但是沒有任何人踏入我們的販售會場。確實打從剛才開始就一直有人在偷瞄，然而大家都以一臉奇妙的表情往別的地方走去。

我擺出正經的表情坦白。

「……飾品賣不出去。」

「嗯。」

「……還被芽依說『因為販售會場的設計太俗氣了所以沒有客人上門』。」

「…………………………嗯。」

榎榎撇開視線，以非～常尷尬的態度表示肯定。

我抓住她的肩膀猛力前後搖晃！

「到底！欸，到底哪裡俗氣了？」

「小葵。我頭都暈了快住手……」

被我搖晃的榎榎露出不耐煩的表情……哇啊，每當她的身體搖晃，胸部也會跟著上下抖動耶。這是怎麼樣，好有趣。

當我覺得快要愛上這種莫名的悸動感時，榎榎以厭煩的態度說道：

「嗯——與其說是哪裡俗氣……」

然後瞄了販售會場一眼。

「因為是教室啊。」

「確實是教室啊！除此之外看起來還會像是什麼嗎？」

而且我們就在學校裡，不如說不是教室的空間還比較少吧？

我絞盡腦汁思考「這是什麼新的腦筋急轉彎嗎？」結果榎榎緩緩搖頭。

「我的意思是……無論再怎麼想裝出高尚的感覺，『這裡終究還是教室』。」

「啊……」

我瞬間察覺這句話的意思。

是教室。這裡確實是我們借用的空教室。

就算掛上世界名畫，這裡也不會變成羅浮宮。除了掛上繪畫之外，就只是鄉下高中的教室。有一面黑板，窗外是連綿的山景，裡面有收納打掃用具的鐵櫃。

「而且既然是辦在學校校慶的販售會，無論如何『都無法營造出時尚感』。應該就只是這樣吧。」

「…………」

我不禁抱住腦袋。

兩個月前與悠宇的對話紛紛掠過腦中。

「首先，這次販售會的主題是『雅緻』喔。」

「難道是像天馬的個展那種感覺嗎？」

「噗哈哈。真不愧是悠宇，還是看得出來吧～」

「花語是『不經矯飾的美麗』。跟這次的主題很契合吧。」

「喔喔！真不愧是悠宇！我的命運共同體！」

……咦，等等？

榎榎也知道我們的計畫吧？

所以她是若無其事忽略那些肯定會變成黑歷史的得意忘形發言嗎？

我趁亂不停拍打榎榎的胸部，「嗚哇——」向她哭訴：

「妳、妳為什麼不跟我說啦～」

「說了妳也聽不進去吧。」

話是沒錯啦～！

妳說得再正確也不過～！

但是啊，女生脆弱的時候一點也不想聽大道理～！我只希望妳能說些「嗯嗯」、「真傷腦筋呢」、「但是日葵這麼可愛所以原諒妳！」之類的話，與我產生共鳴啊～！

見到我「嗚……嗚……」啜泣，榎榎嘆了一口氣。

「這也沒關係啦。這次販售會的目的是讓小悠獲得經驗值吧？」

「可是那是以銷售盈餘為前提……」

「這點還是放棄比較好。反正『這次的販售會大概沒辦法同時達成這兩件事』吧。」

「咦……」

這種說法簡直就像要拋棄悠宇。

榎榎難得會有這種反應。在我茫然若失時，榎榎看著手機輕呼一聲。

「抱歉。蛋包飯的攤位好像多了很多客人。我很快就會回來。」

「啊，嗯。我們這邊沒關係……」

我目送榎榎的背影。

那套哥德式洋裝……看起來彷彿是蛋包飯攤位的服裝。

（……我該怎麼辦才好呢？）

誰都不指望由我來策劃。

就算我想靠健談的話術提供協助，沒有客人上門也沒有意義。

我究竟是為了什麼而待在這裡呢……？

Ⅳ 「由你決定」

跟雲雀哥他們分開之後，我回到販售會場。

然後城山一見到我就說——

「悠宇學長，你全身都是炒麵的味道！」

當然都是炒麵的味道啊。

廢話。我可是拿了七人份的炒麵過來。

「你不可以踏入販售會場！這樣會害『you』大人的飾品沾上炒麵的味道——！」

「抱、抱歉。說得也是……」

然而在這裡，我不過是個打雜的。

被她推著背趕到走廊的同時，我也忍不住哭了起來。不對，等等。炒麵風味的飾品怎麼感覺……不會賣。嗯，只是我一時鬼迷心竅。

總之日葵她們說肚子也餓了。

於是決定由我顧店，她們兩個到外面吃炒麵。雖然不知道她們要怎麼解決那麼多炒麵，不過既然是日葵，應該會靠天生的社交能力分出去吧。

（那麼……）

我再次確認整個販售會場。

不，其實也沒必要確認。

雲雀哥提出來的問題是對的。

在這個寬敞的空教室裡，只是空盪盪地擺著三張長桌。為了營造時尚的氛圍只放少許裝飾的結果，看在客人眼中會覺得「好像沒有想做生意的意思」也不奇怪。

即使到了第一天的中午過後，客人還是很少。

應該不是沒人知道我們這裡在賣什麼。實際上也有學生湊過來看看。只是看到這個空間，無法勾起他們想踏進來的興趣。

井上&橫山二人組跟雲雀哥都在替我們做廣告……話雖如此，也不可能立刻就能看出成效。

這個現狀就是我跟日葵想出來的「ＣＨＩＣ」的現實。

（主辦這場販售會的人是我。未來決定經營方針的人也是我……）

這個販售會場的空間打造有問題。

而且原因很明確。不僅如此，還有個得以改善的答案。

（只要利用城山的布製飾品加以設計，想必能讓整個會場活絡起來。）

放在教室角落的三個登機箱。

她準備了那麼多……而且今天還是第一次跟我們見面喔。那些東西絕對不是一朝一夕就能輕輕鬆鬆準備的。

她不知道我們的「會場」面積有多大，應該是將總之可以布置一整間教室的東西都帶來了吧。想成為「you」的弟子……雖然不知道關於這點她有多認真，但是熱情肯定毫無虛假。

至少讓我覺得用「擅自讓第一次見面的人這樣隨心所欲……」這種情緒化的理由加以否定反而很沒道理。

（但是對我們來說，也不能隨便同意讓她變更……）

這是日葵第一次自己策劃的販售會。

她為我構思了這樣的設計。

如果隨便棄之不顧，反而果斷採用新來的國中生提出的裝潢設計……

「可惡。肚子好痛……」

吃太多炒麵了嗎？還是食物中毒？……真木島管理的攤位應該不會發生那種事吧。單純只是我的心靈太過脆弱。

「這種時候應該找誰商量才好啊……？」

「嗯——」在我低聲沉思之時，有人踏入販售會場。

「小悠。怎麼了嗎？」

「啊，榎本同學……」

來者是在蛋包飯攤位那邊幫忙完畢的榎本同學……她的哥德式洋裝還是一樣乾乾淨淨。

這麼說來，日葵跟城山都不在這裡。

於是我下定決心發問：

「那個，榎本同學。說真的……妳覺得這個販售會場怎麼樣？」

「…………」

「啊啊！妳還是別說了！光看妳的表情我就懂了！」

這個表情也太尷尬了，榎本同學！

害她露出那樣的表情，甚至讓我對自己感到絕望。難得的哥德式洋裝感覺都被糟蹋了。

「果然還是換成城山的場內設計比較好嗎？」

「啊，你在煩惱這件事嗎？」

「嗯。不過現在才剛過第一天的中午嘛。」

「好吧，就我個人的感想的確如此。說到頭來也不知道什麼才是絕對的正確答案……」

榎本同學「啊！」輕呼一聲。

「不然去問問很懂這方面的人吧？」

「咦？」

很懂這方面的人？

就在我還猜不到是誰時，榎本同學撥出一通電話。

說了幾句話之後便把手機遞給我。

「來。」

「咦？啊，好……」

我把手機靠到耳邊。

『嗨，夏目。最近好嗎？』

「啊！天馬！」

聽到他的聲音，我嚇了一跳。

正是伊藤天馬。

我在東京認識的飾品創作者之一。

個性沉穩又溫柔，比我大一歲的帥氣哥哥。好像是在紅葉學姊的贊助下進行創作活動，但是

他們的性格感覺不太合拍就是了。

『剛才接到凜音的電話嚇了我一跳呢。暑假之後過得怎麼樣？』

「過、過得很好！謝謝你能接電話！」

暑假之後過了大約兩個月，他只用一句話就讓我覺得迅速拉近心靈的距離。

天馬果然具備維繫人際關係的才能呢。

『啊哈哈。這又不是什麼了不起的事。而且我正好想跟人聊聊天，改變一下心情呢。』

「是喔？怎麼了嗎？」

『我現在為了準備校慶來到學校。但是班上意見分歧，大家愈是討論愈覺得心累。』

真的假的，也太巧了吧。

……不過感覺有很多學校會在這個時期舉辦校慶。但我有點難以想像天馬的高中生活。

「啊。討論時發生了什麼事嗎？」

『男生跟女生為了舉辦兔女郎咖啡廳還是執事咖啡廳而對立……』

「這樣女生很可憐吧……？」

『不，是女生硬是要男生扮成兔女郎。至於執事咖啡廳則是男生說想看女扮男裝而在鬧脾氣的感覺。』

「一般來說應該相反吧……？」

大城市好可怕——

當我怕到完全展露鄉巴佬本性時，天馬發出爽朗的笑聲：

『我們學校有滿多藝人就讀的。所以有很多人確實有點異於常人。說真的，我也覺得一般來說應該相反才對。』

「對、對吧。就男生來說……」

原來如此，還有這招啊。

讓日葵跟榎本同學換上兔女郎服裝販賣飾品。如此一來感覺只靠飾品銷售的金額就能買下整間學校……呃，蠢斃了。夠了。別去想像。

總、總而言之……

「我們學校這個週末也在舉辦校慶。」

『是喔！天啊，好想去玩喔！你怎麼不早一點跟我說！』

「抱、抱歉。而且你也沒辦法來吧……」

『只要是為了夏目，排除萬難也會過去喔～』

嗯～真的超窩心的。

他應該不是認真的，但是天馬的發言確實帶來激勵。超開心的。

『這麼說來，你好像有事想找我商量吧。怎麼了嗎？是關於校慶嗎？』

「啊，嗯。其實我正在舉辦飾品販售會。為了順利舉辦，我做了一些低價飾品……」

如此這般。

我大致說明一下之後，天馬表示：『那先讓我看看現在的販售會場吧。』

於是我切換手機鏡頭，站在入口處讓他看看。

「就、就是這種感覺……」

於是天馬沉吟了一會兒。

『…………啊～』

天啊，無話可說的感覺！

超丟臉的！

「你還是忘了吧……抱歉……我去死好了……」

『等、等一下！沒事的，任誰都有第一次啊！』

連忙幫我打圓場的同時，『嗯～……』天馬也陷入沉思。

只有這種程度的話，果然給不了什麼建議吧。當我如此心想之時，天馬意料之外地很快給了我回答。

『我這麼說希望你別生氣……我覺得追求飾品的品質，以及為了讓販售會成功所做的努力，是完全不同方向的勝負。』

「咦？這是什麼意思……？」

明明是飾品販售會，卻是兩個不同方向的勝負？

『這也是老師的論調就是了。他說過一場飾品販售會成功與否……終究還是只能看運氣。我是認同這個觀點啦。』

「運氣……」

這句話也太過直截了當。

「意思是……說得極端一點，無論再怎麼提升飾品的品質，也與販售會成功與否無關嗎？」

『如果不怕你誤會，確實可以這樣解釋。』

「那麼對天馬還有老師來說，我們為了飾品做的那些努力算是什麼呢？」

『是為了……提升最後取決於運氣的成功機率吧。』

這又是一句不常聽見的話。

『假設在不做任何努力的狀態，成功的機率是百分之一好了。讓飾品與販售會場的氣氛契合，成功機率就能提升到百分之三十。夏目，你會採用哪個方法舉辦販售會？』

「那當然是成功機率百分之三十的方法吧。」

『對吧？但是就算把成功機率提升到百分之九十，也有可能因為剩下的百分之十而失敗。這就是販售會。失敗的原因並非努力不足，而是這本來就是這麼回事。』

……我試著想像一下。

假設天馬為了提升飾品銷售業績，不斷向自己的粉絲強調飾品的事。

然後他順勢宣布舉辦販售會。受到他的人品吸引的粉絲們，想必都會把那天的行程空下來參加吧。這就是如今的天馬讓販售會創造銷售盈餘的必勝模式。

然而要是運氣很不好，那天下了一場破紀錄的大雨。

粉絲們很難趕到大眾交通停擺的市中心。

然而天馬還是得支付租借場地的費用。如此一來，無論事前推算有多少盈餘都沒有意義。

『我想說的是絕對不會「只因為場內設計這個要素決定活動的成敗」。如果空間設計有所不足……而且還是必須維持這個設計才行的狀況，只要從其他地方提升成功機率就好了。』

總覺得這番話是在暗示「你在東京應該有學到這一點」。

……確實是如此。如果販售會場的設計就能決定一切，那麼當時一起參加個展的早苗小姐絕對無法獲得盈餘。

（沒錯。應該還是有我能做的事……）

換個想法，不如說這個狀況更有助於提升自我。

這個狀況跟在東京參加個展時很像。如果可以在對我來說是客場的狀況賺取盈餘……我想這才是最帥氣的表現。

我輕拍自己的臉頰。

「……謝謝。我感覺清醒過來了。」

『不客氣。不過可以的話，下次要在販售會前找我商量喔。』

這點真的非常抱歉。

我得趕緊著手準備下一個手段……於是就此結束與天馬的通話。

我將手機還給榎本同學。

「小悠。想通了嗎？」

「……嗯。是啊。我好像只把心思放在販售會場的空間設計，導致視線變得太過狹隘。」

這場販售會的目標並非打造好的販售會場。

而是最終要達到銷售盈餘。

「榎本同學，謝謝妳。」

「沒事的。我們是朋友。」

……在剛才講電話的這段期間，當然沒有任何客人上門。

時間來到第一天的下午。

我要好好思考再採取行動。

♣ ♣ ♣

在那之後過了大約一個小時，日葵跟城山也回來了。

日葵搖晃哥德式洋裝的裙襬，心情很好地靠了過來。

「悠宇～可愛的我回來嘍～還不快來迎接……咦？」

湊過來看我正在做的事，日葵稍微偏頭。

我在Ａ４大小的紙上寫著這場販售會的資訊。而且盡可能以醒目的方式寫下花卉飾品與會場地點等等……

城山也以不可思議的模樣問道：

「悠宇學長。不是說禁止發傳單嗎？」

「嗯。所以這是貼在叫賣箱上面的介紹。」

「叫賣箱？」

城山還是偏頭表示不解，不過日葵則是想到了的樣子。

「喔～就是悠宇國中校慶時做過的那個啊～」

我跟日葵第一次相遇的國中校慶。

當時的我因為來客數實在太少，於是將飾品放進飾品盒裡出去叫賣。

日葵也是在那段時間幫我顧店，然後引起城山的誤會就是了。

了解我的用意的日葵揮動手臂說道：

「原來如此～！既然等再久也沒有客人上門，乾脆由我們主動出擊的感覺嗎？」

「就是這樣。」

看起來好純真啊。搭配上那身哥德式洋裝，有種淘氣貴族千金的感覺。美少女不管做什麼都這麼可愛，真是令人傷腦筋。

「很好～現在要靠叫賣點燃反擊的狼煙吧～畢竟悠宇……啊，畢竟我做的飾品最棒了，就靠這招來大賣特賣吧～！」

「不，我不覺得會大賣特賣。」

聞言的日葵差點就要摔倒。

「咦咦！為什麼要講這種喪氣話啊？」

「也不是喪氣話，我只是單純覺得應該是這樣……」

「那麼又是為了什麼這麼做呢？」

「為了在這場校慶找出我們的『潛在客戶』。」

這個叫賣的行為，終究只是引導客人踏入販售會場的「導火線」。

透過叫賣邊走邊賣飾品，讓這場販售會廣為人知。請井上&橫山二人組幫忙也是為了達成這個目的的手段之一。

為了達成目的，人手還是愈多愈好。

就連國中的校慶也是，絕對不是只靠紅葉學姊在Twitter宣傳就足以全數售罄。而是多虧有以此為契機聚集起來的女大學生們擔任活廣告。

現在必須只靠我們營造那個狀況。

為此要做的第一步就是叫賣。如今榎本同學已經拿著另一盒出發了，這個也得趕緊準備妥當才行……

「畢竟也有在『you』的ＩＧ公告……不過說真的，我不認為有多大的效果。但是總之只要是能做的事，都想先做看看。畢竟除了販售會場之外，應該還有其他客人不上門的理由。」

飾品盒就拿原本放在科學教室裡的東西來用。再將這次的低價飾品放進去之後，就完成叫賣的準備。

「那麼我這就出發……」

這時日葵抓住飾品盒的另一邊。

「我去！」

「咦，日葵要去嗎？」

「比起悠宇，我應該比較適合吧。而且悠宇待在這裡也『比較方便』，對吧？」

……沒錯，這場販售會的主辦人是我。

而且如果產生飾品相關的問題，日葵也有可能無法應對。

「說得也是。那就拜託日葵了。」

實際上「you」的模特兒是日葵。

如果要叫賣飾品，她應該比我更適合才對。

「好喔～那麼我這就出發～！」

日葵很有幹勁地走出販售會場。

「好。那麼我也要加油……嗯嗯？」

城山在一旁啜泣。

「『you』大人跑去哪裡了……」

總覺得，嗯……

要跟我一起顧店真是抱歉。

♣ ♣ ♣

日葵她們外出叫賣之後，開始有些客人進入會場了。

像是運動性社團的一年級學生……大概是井上&橫山二人組的宣傳奏效了吧。這也算是令人開心的失算。

我該做的事，就是把握這個機會提升銷售業績。

那個女學生在看大花馬齒莧的戒指。我將柳橙汁倒進紙杯，若無其事地拿給她並說聲：「請用。」

於是女學生問起關於戒指的事。

「請問這個飾品是用什麼花呢？」

這個嘛——

回答的時候要擺出ＣＨＩＣ執事的風範……

「這是大花馬齒莧。日文的稱呼是花滑莧。」

「花滑莧？」

「由於花的部分類似松葉牡丹，莖的地方則像滑莧，於是合在一起稱呼。花朵配色鮮豔，在藍天底下特別搶眼呢。」

「喔～這有什麼花語嗎？」

「花語是『常保精神充沛』、『熱愛大自然』這類的感覺，很適合像妳這樣散發開朗氛圍的女生喔。」

那個女生以有點害羞的感覺笑了。

「那、那我就買這個吧……」

好耶。

接下來要補充說明展示的飾品。接著尋找現場有沒有其他感覺可以搭話的客人。

（……嗯？）

忽然感受到一股投向我的飾品的強烈視線。

（是誰？在哪裡？）

現在販售會上有三組客人。

隨便找人搭話也不太好。畢竟有些客人自己就能作出決定。就算是在服飾店，不希望店員過來搭話的人應該也不在少數。對於這樣的客人來說，很有可能只是上前搭話就會害得對方不開心而離開。

早上的銷售狀況那麼差了，總不能白白讓難得踏入販售會場的客人空手而回。

我再次集中精神。

這時注意到有一對男女學生，感覺很開心地看著飾品。

（……咦？）

仔細一看，是女生拿著飾品在男生身上比劃。

眼前的景象讓我感到有些意外。畢竟我的飾品基本上是偏女性的設計。

（不對，等一下喔……？）

我想到一個可能性。

而且若無其事地觀察了一下，總覺得他們好像也時不時朝我看來的樣子。大概是有什麼問題想問吧。但是又有點難以啟齒。原因就出在這裡的飾品基本上都比較女性化。

我再次以送飲料為藉口，向那對男女搭話。

「請問兩位在找男性飾品嗎？」

那對男女瞬間嚇了一跳，連忙朝我看過來。

把飲料拿給他們之後，兩人有點猶豫地說出一如我的預料的話。

「是、是的。我們剛才看到有個很帥氣的男生戴著花卉飾品……」

果然是看到雲雀哥啊。

我若無其事地做個深呼吸，盡可能露出和藹的笑容跟他們說話。最重要的是「有效率給予對方想要的情報」。

現在不需要提起我傾注在飾品當中的花語之類。這點要自制。

「我們沒有設計男款飾品。但是像這種……」

如此說道的我將桔梗耳環放到手上給他們看。

雖然跟雲雀哥戴的曇花相比小了一點，但也是存在感十足的花。而且桔梗比起惹人憐愛，更

是種帥氣的花。總覺得那個男生對於飾品的興致變得強烈了一些。

……很好，再推一把。

「中性設計的飾品也很受歡迎。男生戴起來也很適合。」

「是、是嗎……？」

「是的。兩位可以當作成對飾品一樣配戴同樣的飾品，或者共用一組耳環也很不錯。」

「共用一組……？」

啊，上鉤了。

原來如此，沒有想過可以共用飾品啊。說得也是，如果是兩個女生可能會這麼做，但是男女之間或許比較沒有這樣的機會。

好，那就主推這一點吧。

我露出最燦爛的笑容。就像天馬那樣……加油啊，我的臉部肌肉！

「花卉飾品是活的，積年累月下來色彩也會產生變化。正因為如此，如果兩位可以頻繁配戴就太好了。何況也有僅限於現在的美，讓飾品一直躺在飾品盒裡太可惜了。」

若無其事……不用明講也要傳達「兩個人買一組就好」的優點。

只要發現性價比很高，就能拉低購買的門檻。這點似乎有明確傳達出去……只見兩人有些害羞地說聲：「那就……」將飾品遞了過來。

（很好。又賣掉一個了！）

我在心中比出勝利手勢。

視線看向接過來的展示用耳環……

「對了。這是展示用的，要拿新的給兩位嗎？」

「啊，那麻煩給我們新的。」

我從放置存貨的紙箱裡拿出同款花卉耳環裝進紙袋交給兩人。他們很開心地接過。

……很好，沒有問題。他們會很珍惜這對耳環。我一邊在內心啜泣，再次將宛如分身的飾品送了出去。

可以聽見那對情侶在走廊上說著「竟然真的是飾品店呢～」的聲音。

……嗯——我該為此感到開心嗎？還是該解讀成販售會場的空間設計果然不太契合，並且引此為戒呢？

（哎呀，得趕緊採取下一步行動……）

我再次將展示用耳環放在長桌上。

然後立刻離開現場。坐在城山旁邊之後，她拉著我的袖子低聲說道：

「悠宇學長、悠宇學長！」

「嗯？怎麼了？」

我請城山負責結帳。

聽日葵說她果然具備零售業的經驗，動作確實也很流暢。

「為什麼要推薦他們共用一組呢？」

「由於客人是高中生，要他們『再買一個』或許會導致命運的分歧。硬是這樣推銷，可能會造成反效果。」

「但是只要說成對飾品，也有可能多賣一個啊……」

「那個缺口之後可以補上……應該。」

費解的城山偏頭說聲：「什麼意思？」

我只是對她展露曖昧的笑容。已經有所徵兆了。我一邊在帳本記錄剛才賣掉的飾品銷售，同時一邊觀察……只見另一個女學生在看同一款耳環。

……但是我不會向這個客人搭話。雖然只是感覺，我認為這個女學生是不喜歡被店員搭話的類型。當我靠近飾品時，感覺也在提防我。

……過不了多久，那個女生就拿著飾品遞給城山。

「我想買這個……」

「咦。啊，好的！」

城山以有點驚訝的樣子將飾品裝進紙袋裡。

接下來的結帳也很順利。

順利賣掉「兩個」耳環。大概是話才剛講完就得到這個結果，城山不禁睜大雙眼問道：

「難道你知道那個人會買嗎？」

「嗯，雖然只是一種感覺……」

我剛才感受到看往飾品的強烈視線。

那並非出自一開始的那對男女，而是第二個購買的女生。其實我也是在向那對男女介紹時才注意到這一點。

「啊，好像要賣掉了……還有嗎……」

我似乎聽見這樣的心聲，也感受到焦急的視線。

而且我也覺得展示用的耳環似乎滿喜歡那個女學生。不過這終究只是我的直覺。

……以結果來說，我的直覺是正確的。

會有這樣的成果，都是多虧了早苗小姐。

在東京參加那場個展的第二天。

我聽她說了許多販售會的經驗。

她在販售方面的經驗談真的多到驚人。我也是因為聽她說過類似的經驗，才會下定決心採取剛才那一連串的行動。真不愧是有如傭兵穿梭於各大販售會的創作者。

這時城山以「喔～」的感覺，對我端詳了一番。

「怎麼了嗎？」

「沒事！我只是覺得悠宇學長也滿厲害的！而且很懂花，看來不只是『you』大人的小白臉而已呢！我對你刮目相看了！」

「謝、謝謝妳……」

即使如此，依然沒發現我就是「you」啊。

這也代表她對日葵抱持如此強烈的憧憬。

「城山也不要客氣，儘管去跟客人攀談吧。」

「好的！」

城山拿出幹勁，準備在制服外面套上大象布偶裝……等一下！

「我、我看妳還是負責結帳就好……」

「咦咦～……」

就說主題是「ＣＨＩＣ」了！

布偶裝感覺確實很引人注目，但是會讓客人嚇一跳吧。即使只把結帳的工作交給她負責，也算幫了我很大的忙。

（……對我刮目相看啊。）

這麼說來，我應該很害怕跟初次見面的人相處才是。

腦中浮現在東京參加個展的記憶。

說真的，跟當時相比確實好上太多。至少來到這裡的客人，都是對我的花卉飾品感興趣的人。門檻確實比在東京個展向天馬的粉絲們搭話低上許多。

（那次的經驗絕對沒有白費……）

在那之後，我也不斷主動向客人搭話。

就成果來說……我想說還算滿順利的。購買意願偏高，然而最大的問題還是來客數不多這一點。日葵也很努力，依然不見爆發性的成長。

這個販售會場的地點不太好也是不爭的事實。

大多數客人集中在主舞台所在的體育館，不然就是有許多餐飲攤位的操場。

這棟特別教室是以文化性社團的展示為主，如果沒有特別目的便不會靠近。

（有些事不實際去做，還真的想像不到呢……）

時間過了下午三點。

今天的校慶於下午五點結束。

只剩不到兩個小時了。

♣ ♣ ♣

送走現場最後一組客人，我緊盯帳本。這時城山也湊了過來。

「那是什麼？」

「今天的販售目標與實際銷售的對照。」

城山說聲：「喔～」比對兩邊的數值。然後一臉苦澀地皺起眉頭。

「……還不到目標的一半呢。」

「……是啊。」

這真是傷腦筋。

明天是星期日，因此校慶整體來客數或許會比今天更多。即使如此，我也不認為有辦法補回這麼大的缺口。

「感覺就像是國中校慶第一次販售……」

「國中校慶？」

「嗯……就是我跟日葵第一次一起賣飾品時的事。」

面對我打算成為飾品創作者，父母開出的條件就是達成「賣完一百個飾品」。

只靠我自己無法達成。正是因為有日葵，才有現在的我。

……對了。說到那場國中校慶。

「城山，妳是在國中校慶上認識日葵……應該說接觸到『you』的飾品吧？」

「對啊……」

「我只是在想妳為什麼那麼喜歡『you』。畢竟不惜利用『區域交流計畫』跑來拜師，總讓人覺得很意外……」

「…………」

城山沒有太大的反應，只是像在說一件極為普通的事：

「因為『you』大人很帥氣。」

「帥氣？」

城山點了點頭。

「帥氣是指飾品嗎？」

「不是喔。是因為『you』大人感覺活得自由自在。」

「自由？」

「呃～……」

城山似乎有點害羞，一邊將雙手的食指抵在一起一邊開口：

「其實我在國小時遭到霸凌……」

「咦……」

比想像中還要沉重的背景來了！

我不禁屏息。察覺這個反應的城山連忙揮揮雙手。

「啊、啊哈哈！也沒有那麼嚴重啦！只是像午休或體育課之類的時候被排擠～還有筆記本被人塗鴉～那種程度而已……」

「不，我覺得那也已經夠難受了……」

總覺得歷歷在目耶。

這麼說來，我國小時也遇過類似的處境。不過我當時覺得即使如此，只要有花便不需要其他東西就是了。

城山苦笑說道：

「大概是因為我忸忸怩怩的，只要跟我說話就會覺得不耐煩吧……」

「…………」

隨後城山做出標準的敬禮手勢。

「但是『you』大人在那一天給了我活下去的希望！」

「活下去的希望？」

「那一天，『you』大人給了對人生感到絕望的我一個很棒的建議！」

「喔……？」

日葵究竟說了什麼啊……

從這個反應看來，可能是相當正經的話。雖然一點也不適合那傢伙……不，這倒不一定。面對我跟榎本同學之外的人時，那傢伙基本上還滿有領袖魅力的。

這是可以得知日葵另一面的絕佳機會……感到緊張的我認真聆聽，城山便雙眼閃閃發亮地對我說：

「她說『反正最後還是可愛的人獲勝，就趁現在讓自己變可愛吧♪』。」

「確實是那傢伙會說的話……」

結果只是一如往常。

然而城山以相當認真的語氣說道：

「但是，那個『一如往常的態度』真的非常帥氣。」

「…………」

聽到她這麼說，我也能夠理解。

她不是對「you」抱持憧憬。

因為那是日葵，所以她才會憧憬。日葵確實很容易得意忘形，個性也有差勁的地方，但是絕對不會否定他人。

（這麼說來，我一開始也是這樣啊……）

就連夢想著只要賣掉一百個飾品就能成為創作者的笨蛋，日葵也會伸出援手。

我注視眼前這些飾品，無意間冒出一個念頭。

（是不是只要別忘記這個尊敬她的心情，就能以與日葵的戀愛為優先呢……）

不只是我的目標而已。

為了將來跟日葵一起從事飾品這個事業，我該做些什麼？我應該在這場校慶的販售會上得到什麼？

真沒想到會被城山這個國中生喚醒初衷。

「但我勸妳還是不要拜師比較好。我是說真的。」

「咦咦～……一般來說會這樣講嗎……？」

不，因為「you」可是我。

既然以日葵為目標，就不應該針對我，而是朝著其他方面努力吧。我是否應該好好說明，引導她前往正確的道路呢？

「城山，妳為什麼會想做布製飾品？」

「其實我本來想做花卉飾品，但是我不太會處理活的東西……所以就跟姊姊學習手工藝，想透過這個技術做出花來。」

「這個髮飾真的做得很好耶。」

「真、真的嗎……？」

「我覺得很厲害喔。確實有將花瓣纖細的感覺完美呈現。遠看應該會覺得是真正的花吧。」

國三就有著這種技術啊。

她想必也很有才能吧。但是我總覺得，最重要的是她將喜歡的心意傾注其中。與其說是喜歡花，應該是想藉此接近憧憬的人吧。

……也是有秉持這種想法的創作者呢。

「如果也能得到日葵的稱讚就好了。」

「……對、對啊。」

城山有點害羞地點點頭。

總覺得她願意稍微對我敞開心房了。這讓我感到很開心。果然同為創作者，即使不曉得對方的真實身分也能互相理解——

「總有一天我要踢開悠宇學長，成為『you』大人的夥伴！」

「嗯嗯嗯嗯？」

原來不是把我當同志，而是障礙啊。到時候感覺不是超越我，而是直接踹走。我覺得有這種上進心很好喔……

我明白城山為什麼想成為「you」的弟子了。

好吧，把這種感覺不錯的佳話忘得一乾二淨，也挺像是日葵的作風。對於那傢伙來說，這是不會留下深刻印象的理所當然之舉，這點更加突顯她的個性。

（總之，先用LINE向日葵報告這件事吧。）

我看向手機。

「嗯嗯？」

啊，日葵有傳LINE過來。剛好就在幾分鐘前。

難道是叫賣的飾品賣完了嗎？這下可得準備補充……咦？

『YOU不得多了了多人衝給區喔。』

什麼？

感覺打錯了很多字。

「城山。妳覺得這是什麼意思？」

「嗯～等我一下。」

城山拿出手機，試著打出跟這段相同的文字。然後再重打一次可能是打錯字的地方……城山莫非其實很聰明啊？

這時城山說聲：「會是這樣嗎？」讓我看她拼湊出來的文字。

「YOU不得了了有很多客人衝過去嘍……？」

什麼意思？

YOU，不得了了，有很多，客人，衝過去嘍？

悠宇，不得了了，有很多，客人，衝過去嘍？

『悠宇，不得了了！有很多客人衝過去嘍！』

……很多客人？

販售會場裡……沒有客人啊。

「意思是只有日葵的叫賣生意很好嗎？」

「真不愧是『you』大人。太神了！」

正當我們悠哉說著這些話的時候……

一群女學生蜂擁而入！

「咦！等等，這是怎麼回事？」

「…………唔？？」

女學生們都對著目瞪口呆的我們同時開口。看起來就像在餵雛鳥一樣……

仔細聽了一下，她們是在說——

「販賣花卉飾品的地方就是這裡嗎？」

「穿西裝的帥氣大哥哥說的那個！」

……穿西裝的帥氣大哥哥？

腦中掠過一個哈哈大笑的帥哥身影。靈光一閃，連忙翻開校慶指南。活動行程看來……辯論大賽是在下午三點半結束。

剛才數學老師笹木在操場跟我說過的事。

「喵太郎。辯論大賽結束之後，你可要作好心理準備嘍。被雲雀吸引的女生們應該會全都衝過去購買。」

……這下子確實如他所說吧。

我們「you」專屬模特兒日葵的哥哥，無疑也是怪物級的活廣告。

♠ ♠ ♠

辯論大賽結束之後……

我望著一大群母豹擁向小夏的飾品販售會，只能目瞪口呆愣在原地。

「……這個可惡的完美超人。到底是要怎麼樣才能引發那種現象啊？」

我對著在一旁露出優雅微笑的雲雀哥抱怨。

「哈哈哈。畢竟進行展示介紹的能力可是我最有自信的地方呢。」

「那已經是洗腦了吧。犬塚家應該沒有使用什麼違法的東西吧？」

「怎麼可能。只靠自己的手腕與交涉能力正面壓制對方，可是我們家的家訓呢。」

「那個真的能說是正面迎擊嗎……」

在與我們隔了一點距離的地方，咲良姊以不耐煩的模樣用手指撥弄項鍊。

「你們的感情真的很好耶。剛才的辯論大賽上也是，就是你們一直在放閃。」

「這種話我可不能置若罔聞。到底是哪裡感情好了？」

「像這樣一旦被人指摘就會認真起來的地方啊。」

咲良姊一邊開口嘲笑（這個女人真是令人火大），一邊轉頭看向雲雀哥。

「所以說呢？雲雀，你那樣協助我家的蠢弟弟ＯＫ嗎？平常疼愛他就算了，你應該不喜歡像這樣直接援助吧？」

「我不認為這算是援助。既然他在挑戰低價商品販售會這種有趣的事，我覺得剛好是一次讓他切身掌握『整體結構利弊』的絕佳機會。」

雲雀哥拿下曇花耳環，交到我的手上。

看來是要我等一下拿去還給小夏的樣子……既然剛才在辯論大賽上輸給他們，現在也只能乖乖收下。

「哼。你果然還是在提供援助嘛。未免太寵小夏了吧？」

「或許吧。畢竟我無論何時，都是站在『挑戰的男生』這一邊。」

「……唔！」

這傢伙……

我感受到的不對勁……果然是這樣。面對我的視線，雲雀哥回以裝模作樣的笑容。

「慎司提出『三個條件』的目的究竟是什麼？雖然只是大致輪廓，但我也有所預測了。」

「你還好意思說。反正你應該全部看透了吧？」

「哈哈哈。那倒不然。畢竟我『不知道凜音是個什麼樣的人』。因此終究沒有脫離預測的範疇，也是不爭的事實。」

「那麼為什麼還要幫我？你採取的行動可是害我跳過好幾個『步驟』喔。難道你不是站在日葵那邊的嗎？」

「我當然是站在日葵那邊。不過那也是『日葵正確站在悠宇的命運共同體這樣的立場』就是了。」

他的說法別具深意……不，以這個狀況來說算是顯而易見吧。這個男人難得會表露真正的想法到這種程度，反而讓人想探究他是否在說謊。

「有必要的話，即使犧牲親妹妹也在所不惜啊。真難想像你身上流著血液呢。」

「我雖然主推悠宇，但並不代表我推他跟日葵這對ＣＰ啊。我甚至覺得視情況而定，就算要跟慎司聯手也沒關係喔。」

「大可不必。我會用我的做法達成目標。光是想到要跟你聯手，就會冒出雞皮疙瘩。」

「呵呵。看你像隻小狗一樣對我狂吠，就會忍不住想好好疼愛你呢。」

我們對著彼此「呵呵呵！」、「啊哈哈！」發笑時，咲良姊以受不了的模樣唸唸有詞：

「你們的個性也太惡劣了。」

「我才不想被咲良這麼說耶。」

「我才不想被咲良姊這麼說啊。」

我們同時對著厚著臉皮說出這種話的咲良姊吐槽。

總之……

小夏應該會在接下來的半小時左右見識到地獄吧。那個裝模作樣的空間與潛藏在販售計畫裡的致命性缺陷應該也會跟著浮現。

屆時究竟會引發什麼樣的化學反應呢？

真是令人期待啊。我的個性並不惡劣，所以是真心感到期待。

♣ ♣ ♣

等一下。

到底發生什麼事？

我跟城山急忙穿梭在熱鬧挑選飾品的女學生之間。

恐怕是受到雲雀哥的影響吧。原本的空教室現在塞滿了人。就連販售會場外面的走廊也排起長長的隊伍。

已經沒有什麼動線可言。接踵而至的學生與參加校慶的客人紛紛拿著展示飾品過來結帳。

別說城山了，就連我也忙不過來。

「那個，我想問一下這個飾品！」

「還沒輪到嗎～？我等很久了耶～」

就算催我也沒辦法！

現在光是結帳作業跟把賣掉的款式庫存拿出來擺就已經耗盡全力。

根本已經無關展示還是庫存了。總之有多少飾品全部擺出來，大家便像在搶特賣花車商品似的一個一個拿去結帳。

但是，確實賣掉驚人的數量。

出去叫賣的日葵跟榎本同學好像也被學生攔住，看樣子一時之間沒辦法回來。

總而言之，現在只能專注於不要打斷客流。

（讓人回想起國中時的狀況呢……）

受到紅葉學姊在Twitter宣傳的影響，那時也有成群客人蜂擁而至。

當時面對完全沒有預料到的事態，害得我腦中一片空白。現在光是有兩個人一起應對，確實還是有一點從容……但是說真的，感覺比那個時候更辛苦。

理由很明確。

因為當時「一整天陸陸續續來買飾品的人潮」，現在全都集中在這半小時裡。受到辯論大賽現場氛圍影響的女生，全都直接帶著那股激動感受蒞臨。客人們的氣勢遠比當時更誇張。

一個不留神就會被那股氣勢給吞噬。

「不好意思～請問這種花叫什麼呢？」

「啊，那是非洲菊！」

「喔～」

……呃，只有這樣喔！

不，那也沒差。但是選在這個時間點問我也很難應對。畢竟商品陳列是以由我向客人說明為前提所做的擺設，沒有準備商品介紹之類的東西，那在現在造成很大的影響。

「欸，這邊！」

「啊，不好意思！」

我連忙朝另一個女學生過去。

銳利的眼神有點可怕。大概是三年級的學姊吧……她把剛才也有賣掉的桔梗耳環拿到我面前，不客氣地問道：

「這個，沒有更漂亮的嗎？」

「漂、漂亮是指？」

「哎喲，像是粉紅色之類……」

「不好意思。這次的桔梗只有像這種藍色系。這種顏色也被稱作桔梗色，正是桔梗最具代表性的顏色……」

「啥啊？我又沒問你這些。所以沒有嗎？」

「……沒、沒有。」

話才說到一半就被打斷，我只能勉強這麼回答。結果她拋下一句：「態度真差～」沒有購買任何飾品就離開了。

（哪裡態度差了……）

不，現在沒時間讓我消沉。

就在我沒注意到的時候，城山那邊發生一些狀況。只見幾個女學生逼近城山，好像在質問她的樣子。

我連忙上前幫忙打圓場。

「請、請問怎麼了嗎？」

「這個女生啊～竟然說我偷你們的東西耶～」

「咦！城山，這是怎麼回事……？」

城山低著頭，一邊顫抖一邊說道：

「她們拿來的飾品，跟結帳的數量不一樣……」

我看了一下帳本，女學生們明明拿了四個飾品，結帳時卻變成三個的樣子。

也就是說她們趁著城山結帳沒注意的時候，偷偷把飾品藏起來了？

遇到這麼混亂的狀況，應該很容易做到這種事吧。畢竟對高中生來說五百圓不算便宜……

但是會有人為了偷東西，做出這麼麻煩的事嗎？

我們光是結帳就忙不過來了，她們真的想偷的話，甚至沒必要拿到這裡……

（或者正如同這幾個女生所說，有可能是城山數錯數量。這麼忙碌就算有所失誤也不足為奇……不，應該不至於。）

我相信城山。

畢竟有在姊姊的選物店幫忙，她的工作態度非常仔細。然而即使如此，既然現在拿不出任何證據，也不能直接說對方是小偷。

……我緊咬嘴唇。

「真的很抱歉。那麼，總之替各位結算確定購買的部分可以嗎？」

「啥啊？把別人當成小偷看待，只有一句道歉而已嗎？」

嗯，我也猜到她會有這種反應……

我該怎麼辦？如果是由日葵應對，應該會面帶笑容順利解決這個問題吧。但是現在只有我在場。怎麼做才是對的？

「……我知道了。那就僅限這次，不跟妳們收取費用。」

「咦，真的嗎？哇啊～真抱歉耶～我也不是那個意思啦～」

……真好意思說。

那幾個女學生一邊嬉鬧一邊離開。

（那幾個人到底想做什麼……嗯嗯？）

有個中長髮鮑伯頭的女生在走廊上跟那些女學生會合。

總覺得很眼熟……這才想起她就是在六月的飾品騷動中，摔壞我的飾品的一年級女生。

她還露出得意的笑容看了過來，是想報復那時候的事嗎……難怪她們會特地像是要被我們發現似的拿過來結帳。

……可惡，沒想到她會用這種方式報復。而且當時也不是我害她被笹木老師罵吧。

（不，現在顧不了這種事……）

我轉頭看向城山。

只見她一副很尷尬的樣子。儘管看起來很開朗，但是似乎並非原本就很擅長與人相處。儘管如此，她依然待在這個全是學長姊的地方努力工作。

「呃，我，那個……」

「嗯。我懂。」

「但、但是……」

「別擔心。日葵不會因為那種事生氣。只怪我太小看這場販售會。」

……沒錯。

這個狀況無疑是我造成的。儘管把販售會交給日葵策劃，我也沒有事先設想當天的情境。

現在的我很清楚這場販售會的問題出在哪裡。

想利用低價商品達成利益目標時，最重要的是「輕鬆隨興」。

應該可以說是……重視來客數與商品周轉率，打造出無須透過店員，客人自己就能做出決定的賣場吧。

一個不需要由我一一介紹，只透過海報之類的方式便能讓客人知道「這是個什麼樣的飾品」，而且可以憑藉自己的喜好與判斷做出選擇的販售會場。店家要做的只有迅速又單純，機械式的結帳工作就好。

真木島指揮的炒麵攤位就是很好的例子。

讓客人排成三排，特別提升速度接二連三提供商品的模式。正因為是炒麵這種主流商品，也不需要多做說明，十分簡潔明瞭。

雲雀哥他們中午指出的問題點，結果就這麼如實反應出來。

我們打造的這個「彷彿天馬個展的空間」，與低價銷售手法之間的契合度可說是奇差無比。

不但人手不足，也沒有制式化的工作流程。

結果就是這場容許剛才那些女學生做出惡劣舉動，破綻百出的販售會……現場說不定還有其他客人也會趁亂做出偷竊的行徑。

從老師給出要將單價控制在五百圓以內這個題目時，我就應該設想到這些。

這個狀況是因為我太過天真所導致的結果。

（但是不能現在放棄……）

再過半小時左右，校慶第一天就要結束。

客人的數量正在逐漸減少。只要降低銷售方面的負擔，也能更快做出應對。

（這樣好是好啦……！）

……看看周遭就能感受得到。

花卉遭到很隨便的對待。

我能感受到那些必須去本來不該得到的人身邊的花卉有多麼悲傷。雖然也有可能只是我想要這麼認為。

我要克制。

這就是舉辦低價飾品販售會的必備條件。

沒事的，別擔心。

畢竟每一次與飾品的相會都是難得的經會。

可以的話我也希望能讓願意珍惜的人買走，然而現實不一定都可以如人所願。

所以我沒問題。我做得到。我絕對要把握這次機會，達成銷售盈餘，並讓這次失敗成為未來的經驗。

為了不再讓花卉感到這麼悲傷。

也為了可以跟日葵一起，以命運共同體的身分經營下去。

我必須一再跨越這樣的經驗——

（……咦？）

一個疑問無意間掠過腦中。

「這是我想舉辦的販售會嗎？」

那次暑假。

輸給紅葉學姊之後，我知道自己的弱點。

當時我下定決心，要成為無論夢想還是戀愛全都可以掌握的強大創作者。

對日葵傾注的戀慕，還有以強大創作者為目標的夢想都很重要。

日葵也很明白這一點，所以才能像這樣跟我一起舉辦這場販售會。

但是，這個狀況是怎麼回事？

本來是那麼迫不及待的販售會。

為什麼我會受這種彷彿撕心裂肺的情感譴責呢？

不惜犧牲重視的花也想得到的東西究竟是什麼？

對我來說什麼才是最重要的？

我最該守護的又是什麼？

我真的「無論夢想還是戀愛都想要」嗎？

我追逐的「理想創作者」——真的存在於這條道路的前方嗎？

Epilogue——重生

◇ ◇ ◇

校慶第一天結束了。

外頭傳來學生們在整理校慶用具的聲音。

橙紅夕陽灑入販售會場——我們拉響事先準備的拉炮。

「恭喜達成銷售盈餘～～～～！」

才第一天就賣完庫存的八成！

以結果來說，勉強達到銷售盈餘的底線！

我們「you」值得紀念的第一場販售會以大成功落幕！

咦？算是大成功吧？

本來還是「這些有辦法在兩天內賣完嗎～」的感覺耶。

哎呀～最後驚人的發展真是太嚇人了～

就連在外面叫賣的我也是一片混亂嘛。

悠宇他們也把店顧得很好，真是太好了～

（嗯，這就代表全都是多虧了我的策劃能力吧！）

我的功績是我的。

哥哥的功績還是我的。

可以說是拜我最拿手的「拜託一下」所賜。

雖然販售會場的設計有所失誤，最終還是從其他地方加以彌補。

如果這不叫策劃能力，究竟什麼才是呢。

雖然經歷各式各樣的迷惘，但是結果就是一切。

果然以悠宇追逐夢想的夥伴來說，我也堪稱完美的存在！

天啊，受到神過度寵愛的我真是太可怕了。

悠宇！

直到毀滅到來的那一刻為止，我們都要一直在一起喔♡

……開玩笑的。

才不會有那種時候呢～噗哈哈～

「日葵。辛苦了。」

「嗯！悠宇也辛苦了♪」

我跟悠宇開心擊掌。

開心擊掌……

……開心擊掌？

「最後那批客人真是太驚人了。要不是有日葵跟榎本同學在外面應對那些客人，這個會場真的要翻過去了。」

「唔，嗯。對啊～我也嚇了一跳呢～」

我一邊「啊哈哈～」發笑，一邊別過頭不看悠宇。

……咦？

為了拋開「剛才的不自然感覺」，我用力搖搖頭。

應、應該是我的錯覺吧～？

呃～那個……啊！

「榎榎也辛苦了♪」

「嗯。小葵也是，辛苦了。」

也要跟榎榎慰勞彼此的功勞～

哎呀～榎榎也很厲害呢～

面對這麼多客人，她也完全沒有弄髒服裝。

這是租來的，我本來還很擔心要是弄破了怎麼辦。

「啊，芽依也辛苦了♪」

「嗯……」

芽依變得有點沒精神……

看樣子應該是真的很累吧～

我得好好獎勵一下她。畢竟她可是我們「you」的頭號弟子啊～

我遞給她Yoghurppe。

「來。妳喜歡喝甜的嗎？」

「謝、謝謝……」

芽依用吸管補充乳酸菌。

我們就像這樣沉浸在勝利的餘韻中，一邊整理會場。

悠宇一邊將庫存的飾品收進紙箱，嘴裡好像一邊唸唸有詞。

啊，這是在對花說話吧。

真不愧是悠宇，無論任何時刻都是對花傾注滿滿愛情的美貌煉金術師（笑）呢！

我最喜歡這樣的悠宇嘍──

悠宇一副無精打采的樣子。

…………

……奇怪了～？

有達到盈餘吧？

我們有達成目標吧？

我還以為他會更開心……話說平常閃閃發亮的那雙眼睛上哪去了？

畢竟是悠宇，我還以為他已經在構思下一個目標，「唔喔──！」燃燒鬥志耶。

這是怎麼回事？

這種讓人產生寒意的不自然感覺是什麼……？

「那個，悠宇？發生了什麼事嗎……？」

「咦？」

兩眼無神的悠宇搖了搖頭。

「不，沒有……」

「是、是喔～這樣啊……」

……不不不不。

這很明顯是發生了什麼事吧。

我還是第一次看到悠宇這樣強忍情緒喔！

我向芽依悄聲問道：

「芽依。悠宇怎麼了嗎？」

「妳是說悠宇學長嗎？」

「有沒有在販售會上被人說了什麼，或是有人破壞飾品之類……」

「……因為發生了一點麻煩，他有來幫我應付客人，不過一直都是那種感覺喔。」

好吧，她也不知道吧～

總之，我明白悠宇的精神受到打擊。

這個時候身為命運共同體的我應該做點什麼吧！

「悠宇。那個……」

「啊，對了。日葵。」

「咦？怎、怎麼了～？」

他突然主動開口，害我不禁被他牽著走。

然而這是一大失誤。

悠宇面露溫和的笑容說道：

「販售會也達成銷售盈餘的目標了，明天『就跟日葵一起玩吧』。」

「咦……」

我思考這句話的意義。

販售會有所盈餘。

目標達成。

既然庫存所剩無幾，再辦下去也沒意義嗎？

也就是說？

明天——

「可以嗎！」

「是啊。日葵都忍耐了這麼久，而且也達成銷售盈餘了。」

明天就是開心享受校慶的日子！

夢想這方面已經告一段落，所以明天是努力談戀愛的日子！

也是獎勵我的日子！

我開心地喊著：「好耶～！」

牽起芽依的手，開心地跟她一起手舞足蹈。

「芽依也一起來玩吧～？」

「可以嗎！」

「當然啊～♪讓我們的感情變得更好吧～」

芽依也開心地瞇起眼睛。

這個學妹真是既坦率又可愛啊。

這次的校慶真開心～

我證明自己是適任的追逐夢想的夥伴，還認識了這麼可愛的學妹。

如果這是一場夢，真希望一直都不要醒來～♪

沒錯……

——所有狀況都「太符合期望」，讓我大意了。

悠宇主動約我，說要好好享受這場校慶，以至於開心到沒有察覺。

在我歡天喜地的瞬間——悠宇有點悲傷地低下頭去這個動作。

「好耶～！那麼今天就來努力收拾——」

就在我們像這樣把氣氛炒熱的時候——

「那樣不行。」

出言制止的……是直到剛才都保持沉默的榎榎。

榎榎用認真的眼神注視我們。

「榎、榎榎？為什麼……」

「販售會要繼續辦下去。這只是小葵想玩而已吧。」

「才沒那回事。悠宇都這麼說了……」

咦？

悠宇只是保持沉默。

怎麼了？

為什麼有種我比較奇怪的感覺？

「啊，難道榎榎以為沒人約妳所以吃醋了嗎～？榎榎當然也要一起逛喔～♪」

——啪！榎榎拍掉我的手。

現場氣氛頓時凍結。

榎榎平靜地……用相當清楚的聲音說道：

「小慎有提過『三個條件』吧。意見產生分歧時，要以我為優先。」

「……唔！」

校慶之前。

真木島提出，悠宇也接受的「三個條件」。

一，在校慶結束之前，製作飾品時三個人必須一起行動。

二，飾品的主題是「榎本凜音」。
三，「當成員意見產生分歧時，以榎本同學的意見為優先」。

榎榎接著面對悠宇。
「小悠。你想在校慶留下美好回憶嗎？」
「我、我不是那個意思……」
「那麼你為什麼一副已經結束的樣子呢？」
「因為已經賺到盈餘了。既然達成目標，就算把剩下的時間留給跟日葵一起玩也……」
「那是——」
榎榎用特別響亮的聲音打斷他的話。
「那是多虧了『雲雀哥他們的協助吧』？」
「……唔！」
榎榎以苛刻的態度繼續追究。
「小悠『做了什麼』？」
「這、這……」
我茫然聆聽他們的對話。

悠宇製作飾品。

那本來就是「悠宇的職責」。

向外界推廣則是「我的職責」。

所以才會由我來策劃，也順利達成銷售盈餘。

目標應該以這種方式達成了。

然而，悠宇為什麼會是一副好像快要哭出來的表情呢？

「……我不想再做下去了。」

脫口而出的那句話簡直像是哀號。

內心產生不祥的預感。

我下意識想摀住耳朵——但卻辦不到。

「我以在販售會賺取盈餘為目標。也學到低價商品跟營造會場之間的關係。實際上更在第一天就達成銷售盈餘的目標。可以說是前所未見的大成功……」

接著痛苦大喊：

「但是，『我的那些花並不期望這場販售會』……！」

在悠宇的心中，有某個東西斷裂了。

那想必是夢想吧。

總覺得他那麼竭力追求的夢想之花，現在打從根部脆弱折斷。

即使如此還是不想承認，還是想抓住某些東西……他的心彷彿現在依然在吶喊。

「我在東京的個展上看到了。當我賣掉那個矮牽牛花的飾品時，感覺有某種閃閃發亮的東西向我指出未來的方向。在那前方有天馬，也有早苗小姐，我看見大家為了抵達『彼方』，都非常拚命向前奔跑……」

這句話我無法理解。

因為我沒有跟他一起去東京。

悠宇說著我無法理解的話——讓我感到非常討厭。

「我也想過去『那裡』。但是，那裡……」

悠宇咬緊牙關。

我看得出他的眼睛一片混濁。

「『那裡不是我的那些花會感到開心的地方』。我沒辦法像天馬那樣，不惜抹殺自我也要成為強大的創作者。既然如此，還不如像日葵所期望的那樣，跟以前一樣依照我們自己的步調走下去比較好吧。所以……」

「我再也不要什麼夢想了。」

就在他說出決定性發言的瞬間。

榎榎的雙手——夾住悠宇的雙頰。

悠宇因此嘟起嘴巴，變得好像鴨子一樣。

「……霞、霞盆同學？」

正面瞪視那張臉的榎榎說道：

「所以你才會腦袋一片空白嗎？」

一邊揉著悠宇的臉頰，榎榎一邊擺出凜然的態度說道：

「那只是『路線不同而已吧』？小悠還沒抵達任何地方。不要說得好像很懂一樣。」

榎榎的一番話，讓悠宇有如「清醒過來」一般發抖。

「如果發現這條路行不通，再往別的地方走就好。只要折返尋找其他道路，繼續走下去就好。因為飾品還沒全部賣完吧。販售會也還有一天啊。」

然後露出微笑。

那是彷彿挑釁一般的笑容。簡直像是誆騙男人的壞女人那般漂亮的笑容。明明是如此，為什麼會如此溫柔又充滿慈愛呢？

我的目光無法從她的臉上移開。

因為榎榎笑得十分美麗。

「並非走錯路就等於一切都結束了。你還想在這個小圈圈裡待多久？你已經決定要『在外面活下去』了吧？」

最後又像是棄之不顧一般在他耳邊說道：

「『沒有掙扎到最後一刻的傢伙，怎麼可能得到什麼經驗啊，別傻了』。」

「…………」

悠宇混濁的雙眼稍微有所動搖。
那也只有一個瞬間。
眼中的光輝一點一滴慢慢變強。

夢想再次開始呼吸。

就像是勉強壓抑，一直沉睡的情感清醒過來。
有種情感是無論忘記多少次，肯定都會再次湧現。

即使一度受到挫折，還是會重新站起來。
即使一度轉身背對，還是會再次追上去。
即使一度放棄，還是會找出新的道路繼續挑戰。

這讓我不禁覺得，就是這種人才能夠實現夢想吧。

就算加以捨棄，還是會一再拾起。

就算破舊、磨損，甚至已經看不出原本的形狀。

到了這個程度依然抱持純粹的情感繼續前進的人，一定能夠抓住夢想。

不會分心注視其他東西。

這個世界上肯定有唯獨「不需要任何其他東西」的人，才能抵達的地方。

榎榎如今加以回應。

這明明是我應該做的事。

——難道現在這樣的我不行嗎？

◇　◇　◇

收拾過販售會場，班會也結束了。

悠宇為了明天的販售會，與芽依一起重新設計販售會場。

我——跟榎榎兩個人來到園藝社的花壇前方。

沒有種下任何東西的花壇裡，冒出一顆又一顆雜草嫩芽。看著這一幕的榎榎開口：

「小葵。」

「什、什麼事……？」

嚇了一跳的我只能反問。

我覺得十分坐立難安，於是伸手撥弄瀏海。

「妳還記得之前小悠的飾品被人弄壞時的事嗎？」

「唔，嗯……」

那是六月時的事。

悠宇替學校學生製作客製化飾品，結果其中一個人把飾品弄壞那件事。這次悠宇在校慶舉辦的販售會，也是因為那件事而受到很大的限制。

當時悠宇甚至說出「休息一下不再製作飾品」這種話。

「小悠說出暫時不製作飾品時，是小葵阻止他的吧？你們不是決定要一起繼續朝著更高的目標邁進嗎？為什麼事到如今要順著他呢？為什麼『像剛才那種話』要讓我來說呢？」

「那、那是……因為……」

因為……

什麼？

為什麼？

我——到底想做什麼？

「妳覺得『既然成為戀人就沒差了』嗎？」

榎榎的話深深刺進我的心裡。

這讓我快喘不過氣來，感覺就像溺水一樣痛苦。

就算我想說點什麼，也說不出話來。

因為我沒有任何可以說服榎榎的理由。

我太大意了。

明明想努力證明自己可以繼續擔任他的夢想夥伴，卻在最後關頭疏忽了。這可是跟悠宇一起盡情享受校慶的絕佳機會。我忍不住衝向那個吊在眼前的紅蘿蔔。

「對小葵來說，要跟小悠一起邁進的夢想只有『這種程度』嗎？」

「…………」

我的眼淚流了下來。

榎榎說的話沒有錯。

全都是對的。

正因為是對的，才會這麼痛。
我在不知不覺間走錯路了。
是從什麼時候開始的？
我是從什麼時候開始覺得自己前進的道路，是一直以來不曾改變的正確道路呢？
回過神來，已經什麼都看不到。
我茫然佇立在一片濃霧之中。
至今為止以為是夢想的東西
以為是跟悠宇一起走在前往幸福的道路。

其實全都只是幻想。

甜美的曖昧太過舒服，讓我忘記作出殘酷的決定。
我明明知道這對命運共同體來說，是最大的危害。

見到我答不出話來，榎榎嘆了一口氣。

「那麼，『命運共同體的身分就由我來取代嘍』？」

榎榎的眼神——是認真的。

後記

「七菜老師。校慶……下一集應該會開始吧？」

討論《男女友情》第六集的會議，是從責編這個問題開始。

責編的語氣相當認真。

依照七菜至今為止犯下的所有過錯，以及故事進展來看，會讓他抱持「該不會還寫不到校慶吧……」的疑問也是理所當然。

第二季的重點正是校慶篇。

得意洋洋如此說道的人，無疑正是七菜本人。

然而七菜臉上絲毫不見反省的神色。

「不覺得準備校慶的時候才是最開心的嗎？」

責編暴怒。

下定決心非得解決那個邪佞暴虐的作者。

「給我開始。」

「是……」

就是這樣，故事順利進入校慶篇～！

我是七菜。這集也很感謝各位閱讀至此。

呃，剛才那是虛構的。

責編是個非常溫柔的人。才不會像這樣給我施加壓力。真的。十分感謝平時對我的照顧。

那麼從東京旅行開始的第二季，預計將在下一集收尾。

我看故事的氛圍也變得有點動盪不安，稍微來預告一下吧。

飾品聯盟的陷阱總算暴露了一部分！（假的）

城山芽依，原來她正是「組織」派來的刺客！（假的）

以賭上性命的死鬥為開端，強者接連阻擋悠宇前進！（假的）

日葵一秒就拋棄為了守護悠宇，落入敵人手中的真木島！（一半是假的）

然後殘忍的凶刃朝著「you」襲來！（假的）
全部都是假的。請別相信喔☆

★☆宣傳★☆

與這本《男女友情》第六集的同時推出新作品。
電擊文庫一月新刊。
《少年，成為我的弟子吧～最弱又無能的我，要成為聖劍學園的最強劍士～》（暫譯）。
「什麼！那個既壯闊又有趣的現代奇幻……是七菜寫的嗎？」
產生這個念頭的你！
沒錯！就是七菜寫的！

怎麼樣，光是如此就十分期待，想買得不得了吧。
恐怕今天才去過書店的你。
真的非常抱歉。讓你明天還要跑一趟，真的很過意不去。但是絕對不會讓你吃虧……咦？明天有事沒辦法去？

………………那麼如果後天之類的時間再去就好！就算是跟朋友出去玩的時候順路去一下也完全ＯＫ！真的非常感謝！

故事舞臺是地處溫泉勝地的巨大學園，無能的少年與世界最強的美女締結師徒關係──就是這樣的聖劍努力奇幻故事。

大概是「跟煩人又可愛的大姊姊一起站上聖劍士的頂點吧！」這種感覺的故事，還請各位多多支持指教。

★☆　特別感謝　★☆

責任編輯Ｋ大人與Ｉ大人、負責插畫的Parum老師，以及提攜本書製作及販售的各位，這集也非常感謝大家的參與。兩本書同時發行的狀態讓七菜一片混亂，但是這次應該有守住截稿日期吧。有的話就太好了。如果其實沒有趕上……那真是非常抱歉。

非常感謝各位讀者也購讀這一集。事到如今我相信無論發生任何事，各位應該都不會太過訝異吧。

那麼《男女友情》的秋季故事即將邁向終幕。

接下來是冬季的故事……一直到白雪融化時的故事為止，如果大家也能陪著一起走下去就太好了。

下一集就讓我們在地獄相見吧。

2022年12月　七菜なな

——日葵要離開「you」？

校慶第二天。在凜音的指揮之下，
盛況空前的販售會就此落幕。
這次展示的是覺悟與成果。
還有斬不斷的留戀。
選擇得到幸福的日葵，
為了即將到來的冬季大型活動滿心期待。
「跟世界上最可愛的女朋友，做點……不可告人的事吧？」
情侶的聖誕節。摯友的聖誕節。
然而，真正的願望是——

下集預告

男女之間存在純友情嗎？
不，不存在！
Flag 7.
預計近期發售！
插畫／Parum
七菜なな

我和班上第二可愛的女生成為朋友 1~2 待續

Kadokawa Fantastic Novels

作者：たかた　插畫：日向あずり

第六屆カクヨム網路小說大賽特別賞第二集。
「朋友以上，戀人未滿」的真樹與海迎接聖誕節！

終於交到朋友的前原真樹想要好好告白，藉此和「班上第二可愛」的朝凪海成為男女朋友。然而接連到來的考試、聖誕派對的幕後工作，以及離婚的雙親——兩人雖然忙碌，還是迎來第一次的假日約會。低調男與第二女主角縮短距離的第二集！

各 **NT$260~270/HK$87~90**

在交友軟體上與前任重逢了。 1 待續

Kadokawa Fantastic Novels

作者：ナナシまる　插畫：秋乃える

交友軟體所揭示、命中注定的對象，
竟是已經疏遠的前女友!?

我在朋友的推薦下開始使用交友軟體，與其中一位女性相談甚歡，而且交友軟體顯示我們的契合度竟然高達98%！然而約會當天我在約好的地點見到的，卻是已經疏遠的前女友高宮光！除了她，我還配對到同校的邊緣人美少女——初音心。要回頭還是要前進？

NT$240/HK$80

國家圖書館出版品預行編目資料

男女之間存在純友情嗎?(不,不存在!). Flag 6, 難道現在這樣的我不行嗎? / 七菜なな作 ; 黛西譯. -- 初版. -- 臺北市 : 臺灣角川股份有限公司, 2023.12

面 ; 公分. -- (Kadokawa fantastic novels)

譯自 : 男女の友情は成立する?(いや、しないっ!!). Flag 6, じゃあ、今のままのアタシじゃダメなの?

ISBN 978-626-378-279-2(平裝)

861.57　　112017348

Kadokawa
Fantastic
Novels

男女之間存在純友情嗎？（不，不存在！）
Flag 6. 難道現在這樣的我不行嗎？

（原著名：男女の友情は成立する？（いや、しないっ!!）Flag 6. じゃあ、今のままのアタシじゃダメなの？）

2023年12月6日　初版第1刷發行

作　者：七菜なな
插　畫：Parum
譯　者：黛西

發行人：岩崎剛人
總編輯：蔡佩芬
副主編：楊鎮遠
美術設計：宋芳茹
印　務：李明修（主任）、張加恩（主任）、張凱棋

發行所：台灣角川股份有限公司
地　址：104台北市中山區松江路223號3樓
電　話：（02）2515-3000
傳　真：（02）2515-0033
網　址：www.kadokawa.com.tw
劃撥帳戶：台灣角川股份有限公司
劃撥帳號：19487412
法律顧問：有澤法律事務所
製　版：巨茂科技印刷有限公司
ISBN：978-626-378-279-2